BÄRRAUSCHT

ALPHA WÄCHTER, BUCH 5

KAYLA GABRIEL

Bärrauscht Copyright © 2019 by Kayla Gabriel Alle Rechte vorbehalten. Kein Teil dieses Buches darf in irgendeiner Form oder mit irgendwelchen Mitteln ohne ausdrückliche, schriftliche Erlaubnis der Autorin elektronisch, digital oder analog reproduziert oder übertragen werden, einschließlich, aber nicht beschränkt auf, Fotokopieren, Aufzeichnen, Scannen oder Verwendung diverser Datenspeicher- und Abrufsysteme.

Veröffentlicht von Kayla Gabriel als KSA Publishing Consultants, Inc.

Gabriel, Kayla: Bärrauscht

Coverdesign: Kayla Gabriel
Foto/Bildnachweis: Photo Credit: Fotolia

Anmerkung des Verlegers: Dieses Buch ist *ausschließlich für erwachsene Leser* bestimmt. Sexuelle Aktivitäten, wie das Hintern versohlen, die in diesem Buch vorkommen, sind reine Fantasien, die für Erwachsene gedacht sind und die weder von der Autorin noch vom Herausgeber befürwortet oder ermutigt werden.

SCHNAPP DIR EIN KOSTENLOSES BUCH!

MELDE DICH FÜR MEINEN NEWSLETTER AN UND ERFAHRE ALS ERSTE(R) VON NEUEN VERÖFFENTLICHUNGEN, KOSTENLOSEN BÜCHERN, RABATTAKTIONEN UND ANDEREN GEWINNSPIELEN.

kostenloseparanormaleromantik.com

ÜBER DAS BUCH

Eine Frau. Zwillingsalphas.

Eine Dreiecksbeziehung, deren Flammen so heiß lodern, dass sie eine Ewigkeit überdauert – wenn sie dabei nicht die Erde verbrennt.

Dr. Serafina Khouri ist überarbeitet, überwältigt und hat ihr mieses Leben einfach *über*. Als zwei große Alpha Wächter mit knallhartem Auftreten bei ihr in der Notaufnahme auftauchen, wirft sie nur einen Blick auf sie und weiß sofort, dass sich **ihre ganze Welt**

verändert hat. Es ist nicht unbedingt das, was sie sich für ihr Leben oder ihre Zukunft vorgestellt hat, aber einer dieser zwei Bad Boys könnte ihr Seelengefährte sein... das heißt, wenn sie sich zwischen ihnen entscheiden kann.

Kieran und Kellan sind eineiige Zwillinge, Feenprinzen, die eine Rivalität verbindet, die bereits Jahrtausende andauert. Auch das Kennenlernen der klugen Sera bildet da keine Ausnahme – sie sind beide bereit, **für ihre Gefährtin zu kämpfen**, ganz egal welche Konsequenzen das nach sich ziehen wird. Als **sich Sera nicht zwischen ihnen entscheiden zu können scheint**, reißen alte Wunden auf und der zerbrechliche Frieden, den sie geschlossen hatten, ist in Gefahr.

In der Zwischenzeit verfolgt ein neues und grausames Böses aus dem Jenseits jeden von Seras Schritten. Während das

Trio in seinem eigenen Drama gefangen ist, schmiedet jemand Pläne für die hübsche Ärztin – die Art von Plänen, die zu Seras Tod führen. Ihre vom Schicksal vorherbestimmte Verbindung wird einer Feuerprobe unterzogen – wird es Sera, Kieran und Kellan gelingen, sich zu retten, oder **werden sie gemeinsam verbrennen?**

AUSZUG

„Was wenn… was wenn ich euch beide will?", fragte sie. Ihre Stimme war so leise, dass Kieran sie über den hämmernden Beat der Musik kaum hören konnte. Sie zog den Kopf leicht ein, als würde sie sich für ihr Verlangen schämen.

Kellan blickte für den Bruchteil einer Sekunde zu Kieran, ein Blick, in dem hunderte winziger Gedanken lagen. Kieran nickte nur, weil er wusste, was Kellan dachte.

Sera wäre nicht die erste Frau, die

sie auf diese Weise teilten, zur gleichen Zeit…

Kieran zog Sera auf seinen Schoß, obgleich sich Kellan nach vorne beugte, sie tief küsste und seine Finger in ihren Haaren vergrub. Sera versteifte sich ganz kurz auf Kierans Schoß, dann ergab sie sich mit einem Stöhnen. Kieran zog ihre Haare nach hinten und liebkoste ihr Ohrläppchen mit seinen Lippen. Er gluckste, als eine ihrer Hände sein Knie umklammerte und sich ihre Nägel durch die Jeans in seine Haut bohrten.

Ja, die süße kleine Sera war bereits ziemlich perfekt. Als wäre sie gemacht für das, gemacht für sie beide.

Wenn das doch nur möglich wäre…

PROLOG

VOR LANGER, LANGER ZEIT -DAS FEENREICH

*K*ellan stand vor dem großen, wild wuchernden Thron seiner Tante Maeve. Seine Brust hob und senkte sich in schnellem Rhythmus aufgrund der Anstrengung, die es ihn kostete, sich nicht auf sie zu stürzen und die neue Königin offen anzugreifen. Sie saß auf dem Thron, ihre eleganten weißblonden Haare hoch auf dem Kopf getürmt, ihr blutrotes Kleid drückte ihre hübschen Brüste nach oben zu ihrem Gesicht, zwei dunkle Kreise Rouge zierten ihre Wangen. Sie betrachtete Kellan einen langen Moment, in dem sie mit der Zunge über ihre dunkle, beerenrote Unterlippe fuhr. Sie war so hübsch, dass man fast vergessen könnte, was sie getan hatte. Oder den silbernen Dolch, den sie in einer Hand hielt, während sie mit einer Fingerspitze über die Klinge strich, die so scharf war wie ihr durchtriebenes Lächeln.

Ihre hellgrünen Augen leuchteten vor Aufregung, was Kellan nur noch wütender machte. Er wollte sie *töten*. Es schien eine unmögliche Aufgabe – zwei Prinzen im Teenageralter allein gegen die mächtige Feenkönigin, aber er sehnte sich mehr danach, als er jemals würde in Worte fassen können.

Seine Fäuste waren so fest geballt, dass seine Finger beinahe taub waren, während er auf die grünen Gräser und sich schlängelnden Ranken des Königinnenthrons starrte. Er sah sich auf der mondbeschienenen Waldlichtung um, die als Thronsaal diente, und betrachtete die hübschen, schillernden Feen, jede Form, Größe und Nuance verführerischer Anmut, die sich versammelt hatten, um die Ereignisse zu beobachten. Alles, nur damit er nicht direkt in die smaragdgrünen Augen Maeves blicken musste, da er das Funkeln seiner mörderischen Absichten nicht mehr verbergen konnte, das jeder, der ihn gut kannte, in seinen Augen entdecken würde.

Er wusste das, weil sich sein Zwillingsbruder Kieran nur ein Dutzend Schritte entfernt von ihm befand und die gleiche Miene zur Schau stellte, wobei er keinen Versuch unternahm, sie zu verbergen. Die anderen Feen rückten bereits langsam näher, weil sie die Spannung in der Luft wahrnahmen. Kieran, der ewige Dunkle, der ewige Ausgestoßene... er würde Maeves Zorn auf sich lenken, das war allen Anwesenden so klar wie das Läuten einer Glocke.

Die großen, ätherischen Feen des

Lichthofes waren wunderschön, aber ihr Aussehen war nur ein Blendwerk, da sie Feenglanz benutzt hatten, um die anderen zu beeindrucken und zu umschmeicheln. Mit ihren wohlgeformten Körpern, dunklen Augen und heller Haut war ihr Aussehen genauso irreführend wie das der dunklen, furchteinflößenden Feen des Dunkelhofes. Beide Feenarten konnten sowohl freundlich als auch bösartig sein.

Und gerade jetzt konnten die Feen des Lichthofes Schwäche wittern. Sie krochen nach vorne und bildeten einen Kreis um Kellan und Kieran, den zwei verbleibenden Prinzen des Lichthofes. Einst hatte es viele Prinzen und Prinzessinnen gegeben… bevor Maeve sie alle umgebracht hatte, so hinterlistig und machthungrig wie sie war. Prinzessinnen waren von rätselhaften Korsetts vergiftet worden, die sie als Geschenk erhalten hatten. Prinzen waren tot aufgefunden worden, in den

Fängen der Leidenschaft von einer unbekannten Verführerin erstochen. Kinder waren mit der Aussicht auf ein nettes Picknick in Wälder gelockt worden und irgendwie *verloren* gegangen, nie wieder zurückgekehrt…

Einen nach dem anderen hatte Maeve sie alle bezaubert und betrogen. Sogar ihre eigene Schwester und Schwager, Kellans Eltern, waren ihrem Zauber zum Opfer gefallen und hatten den Preis bezahlen müssen. Niemand konnte sich der Königin widersetzen, niemand außer Kellan und Kieran.

Also waren sie jetzt hier, bereit, bis zum Tod zu kämpfen. Ihre Eltern, Brüder und Schwestern, ihre Cousins und Cousinen zu rächen. Für all die Toten, die Maeve zu verschulden hatte, würde sie zehnfach büßen müssen. Heute Abend oder erst in eintausend Jahren, das war nicht von Bedeutung. So war der Lauf der Dinge.

Schließlich holte Maeve Luft.

„Wisst ihr, als ihr geboren wurdet,

fragten wir uns, wer von euch beiden das Licht und wer die Dunkelheit sein würde", sagte sie fast, als würde sie laut nachdenken. Natürlich projizierte sie zugleich ihre melodische Stimme weit hinaus in den Wald, um sicherzustellen, dass ihre Anhänger bei Hofe jedes Wort hören konnten. „Wir wussten rein gar nichts, bis ihr jeweils zum ersten Mal eure Magie eingesetzt habt, was Jahre gedauert hat."

Kellan hob bloß eine Braue, seine Finger zuckten jedoch in dem Wunsch, sein Schwert zu ziehen und es ihr in die Brust zu stoßen. Das alles zu beenden, hier und jetzt. Maeves Lippen kräuselten sich, als würde sie seine Gedanken nur allzu gut kennen und diese sie lediglich amüsieren.

„Diese wundervolle weiße Magie, über die du verfügst, Lichtprinz. Mit der du allem, das du berührst, Leben einhauchst, Dinge wachsen und gedeihen lässt, sie rein machst…", sagte sie zu Kellan, ehe sie ihren Blick auf

Kieran richtete. „Und dann bist da noch du, unser Dunkelprinz. Hätte ich deine Geburt nicht bezeugt, würde ich nicht glauben, dass in dir das gleiche Blut fließt wie in Kellan. Deine Magie ist so dunkel wie die Nacht, lässt alles erfrieren, das sie berührt. Ich erinnere mich an das erste Mal, als du einen hübschen Vogel am Himmel sahst. Du hobst deine Hand, um deinen Bruder auf ihn aufmerksam zu machen. Der Vogel fiel wie ein Stein vom Himmel und landete tot zu deinen Füßen."

Sie kicherte angesichts der wütenden Röte, die Kierans Wangen zum Glühen brachte, bevor sie weitersprach.

„Ich versuchte meine Schwester an jenem Tag dazu zu überreden, dich zu ertränken. Wusstest du das? Ich sagte ihr, sie solle dich töten oder auf die Erde bringen und gegen einen liebreizenden Menschenjungen austauschen. Du bist ein Wilder, vielleicht hättest du als Wechselbalg überleben können", erzählte sie, legte den Kopf schief und verengte die Augen. „Dafür ist es jetzt zu spät, schätze ich. Also was soll ich mit dir machen, Schattenprinz?"

Kellan streckte eine Hand nach seinem Bruder aus in dem Versuch, die Antwort zu stoppen, die folgen würde, aber es war zu spät. Kierans berüchtigtes Temperament loderte hell auf und drohte sie beide zu Asche zu verbrennen.

„Was wirst du mit uns machen?", knurrte Kieran und zog sein Schwert. Der Klang des Schwertes, das aus der Scheide gezogen wurde, hallte in der Luft wieder. Die Endgültigkeit dessen jagte Kellan eine Gänsehaut über den Rücken. „Ich denke, du stellst die falschen Fragen, meine Königin. Vielleicht solltest du fragen, was wir mit dir tun werden. Du hast unsere Eltern im Schlaf ermordet, ihnen in ihrem eigenen Bett die Kehlen durchgeschnitten. Dafür muss ein Preis bezahlt werden, liebste Tante." Maeves amüsiertes Lächeln dehnte sich zu einem tödlichen Grinsen aus. „Und du siehst dich selbst in der Rolle desjenigen, der diesen Preis einfordern wird, Neffe? Wie furchtbar *aufregend* für uns alle."

„Du kannst doch nicht wirklich den letzten deiner Familie töten wollen, meine Königin", mischte sich Kellan ein.

Ihre Brauen hoben sich überrascht.

„So etwas würde ich niemals tun", protestierte sie und hielt einen Herzschlag inne. „Du wirst immer noch quicklebendig sein, Kellan. Mit dem Lichtprinzen als Gemahl werde ich zahlreiche Erben hervorbringen. Die königliche Lichtblutlinie wird sich vervielfachen und das schnell."

Das Letzte wurde von einem neckenden, flirtenden Zwinkern begleitet, das Kellan den Magen umdrehte.

„Niemals. Ich werde niemals mit dir

schlafen, Tante. Genauso wenig werde ich zulassen, dass du mir meinen Bruder nimmst", schwor er und sah zu Kieran, der jetzt Kellan wütend anfunkelte. Als hätte Kellan irgendwie schuld an dem Ganzen.

„Du wagst es, mir zu trotzen?", zischte Maeve, die sich mit dem Dolch in der Faust von ihrem Thron erhob. „Was können zwei Jungs schon gegen die Stärke des Lichthofes ausrichten?"

Sie gestikulierte, hob ihre Hände, um ihre Unterstützer herbeizurufen, die mit einem kollektiven *Zischen* näher rückten. Es gab viele, die die Königsfamilie beneideten und sich selbst für einen geeigneteren Gemahl und Vertrauten der Königin hielten. *Sie können sie ruhig haben*, dachte Kellan. Konnten sie nicht sehen, dass dies die wahre Natur der Königin war, dass sie sich in nicht allzu ferner Zukunft in der gleichen Lage wiederfinden würden?

„Letzte Chance", reizte die Königin

sie und hielt Kellan ihren Dolch hin. „Wenn du den Hieb ausführst, das Leben und die Kräfte des Schattenprinzen nimmst, um sie mit deinen eigenen zu vereinen, kannst du alles haben, was du jemals wolltest. Nie wieder wird dich einer mit ihm verwechseln. Du wirst zum Gemahl der Königin aufsteigen und an meiner Seite über die Feenreiche herrschen. Deine Kinder werden Kräfte haben, die jegliche Vorstellungskraft übersteigen…"

Kellan zögerte einen Augenblick, in dem er versuchte, sich eine Welt ohne seinen Zwillingsbruder vorzustellen. In der er allein an die Macht kam, mächtig, respektiert und geliebt wurde. In der sein Schwindler von einem Bruder ihm nie wieder eine Frau aus dem Bett stahl, ihm nie wieder Schuldgefühle einredete, weil er mehr geliebt und bewundert wurde als Kieran, weniger gefürchtet. Diese kurze Pause entlockte Kieran ein Knurren, der sich mit erhobenem Schwert auf die Königin stürzte.

Die Königin hob eine Hand und warf Kieran mit einer unsichtbaren Magiewand zu Boden, so mühelos und beiläufig als würde sie nach einem Insekt schlagen, das um ihren Kopf summte. Kieran taumelte und sein Schwert sackte an seine Seite, als er zusammenbrach. Er fiel zu Boden und bewegte sich nicht mehr.

„Kieran", flüsterte Kellan atemlos, während er hektisch von der Königin zu seinem Zwillingsbruder sah.

„Tu es!", drängte ihn die Königin in der Annahme, Kellan wäre versucht, seinen Bruder anzugreifen. Ihr Lächeln war so breit, dass Kellan jeden einzelnen Zahn in ihrem Mund sehen konnte, alle scharf, glänzend und *gierig*.

Er machte einen Schritt auf Kieran zu, schob seine Hand in seine Hosentasche und zog einen Dolch heraus, der der bösartigen Klinge in der Hand der Königin sehr ähnelte.

„Ja", zischte sie. „Nur der Lichtprinz kann den Dunkelprinzen töten und die Waage zwischen den Feenreichen ins Ungleichgewicht stürzen. Beende, was ich begonnen habe, mein Prinz, und wir können auf ewig zusammen sein. Stell dir nur vor..."

Kellan sank auf die Knie, um seinen Bruder abzuschirmen, als er den Dolch der Königin entgegen schleuderte. Er verfehlte ihr Herz nur um Zentimeter, grub sich tief in das Fleisch unterhalb ihrer Schulter und entrang ihren Lippen einen langen, hohen Schrei.

„Verräter!", kreischte sie und Magie flutete ihre Stimme. Kellan wusste, dass sie sie nicht umbringen konnte, wenn ihre Worte der Wahrheit entsprachen,... aber sie konnte sie in eine andere Ebene verbannen. Magie sammelte sich und schimmerte um ihren Körper, während sich ihr Gesicht vor Wut verzog, und er wusste, wie ihre nächsten Worte lauten würden, noch bevor sie sie hinausschrie. „Ihr. Seid. VERBANNT!"

Kieran um die Taille fassend, schloss Kellan die Augen und knirschte mit den Zähnen, als ihn der Zauber aus dem Feenreich riss. Das Wort der Monarchin war Gesetz und unter den Feen bedeutete das, dass sich die gesamte Welt ihrem Willen beugte. Ihre Worte wurden Realität in dem Moment, in dem sie sie aussprach...

Ein Lichtblitz und dann wurden Kellan und Kieran auf eine Art weites, grasiges Moor geworfen. Meilen und Meilen und Meilen nichts weiter als Heidekraut und Gras. Nicht ein Haus oder eine Person oder auch nur ein Baum waren zu sehen. Kellan konnte es nicht mit Sicherheit sagen, aber er hatte die unbestimmte Ahnung, dass die Feenkönigin ihnen sogar einen kleinen Gefallen getan hatte, indem sie sie hierher ins Reich der Menschen befördert hatte und nicht in eine der hundert anderen über alle Maßen unerfreulichen Existenzebenen.

Dennoch war es ein Schock für ihn.

Zum ersten Mal in ihrem königlichen Leben waren Kellan und Kieran wahrhaftig *allein*. So interessant das auch war, war dies kaum der Zeitpunkt, um philosophischen Gedanken über ihre Lage nachzuhängen. Kieran musste geheilt werden und so wie es hier aussah, waren jegliches Essen oder nützliche Medizin weit, weit entfernt.

Seinen Bruder mit einem Grunzen hochhebend, warf sich Kellan Kieran über die Schulter und begann Richtung Norden zu laufen.

Wohin er lief, wusste er nicht...

1

NEW ORLEANS, LOUISIANA - GEGENWART

"Ich hätte dich Maeve überlassen sollen, du hinterhältiger Sohn einer Ziege", schimpfte Kellan, der Kieran einen finsteren Blick zuwarf, während sie auf dem Weg zum Herrenhaus durch Marginy schlenderten. Sein irischer Akzent trat stets stärker hervor, wenn er wütend oder aufgeregt war, und momentan würde ihn ein vorbeigehender Fremder kaum verstehen.

„Bist du ehrlich so wütend? Sie ist nur ein Mädchen", sagte Kieran und lachte schnaubend. Sein Zwilling konnte manchmal geradezu melodramatisch sein. „Und noch dazu nicht gerade treu. Wirklich, ich habe dir einen Gefallen getan."

„Ach, jetzt nennst du es einen Gefallen?", knurrte Kellan. „Du hast das Mädchen gefickt, mit dem ich mich seit drei Monaten treffe. Ihr zufolge hast du kein Wort gesagt und sie wusste nicht, dass du nicht ich warst."

Kieran verdrehte die Augen.

„Lügnerin. Sie wusste, dass wir nicht dieselbe Person waren. Sie wollte nur ein kleines Abenteuer erleben. Ganz egal, wie weit wir uns vom Hof entfernen, die Leute scheinen es einfach zu wissen. Genauso wie sich die Frauen, bei denen ich zu landen versuche, immer zu dir hingezogen fühlen und über das Gute in dir und all diesen Quatsch faseln. Es ist beidseitig, weißt du?"

Kellans ausbleibende Antwort

reichte Kieran. Sein Bruder würde noch früh genug darüber hinwegkommen.

„Wenigstens war sie nicht deine vom Schicksal vorherbestimmte Frau", meinte Kieran und schlug Kellan auf die Schulter, als das Herrenhaus in Sicht kam. „Die du nie kennenlernen wirst, wenn wir zu spät zu diesem Meeting kommen. Rhys führt ein sehr strenges Regiment."

Das stimmte. Kieran und Kellan hatten über tausend Jahre damit verbracht, ein ausgelassenes und ausschweifendes Leben zu führen, dabei der Gefahr häufig knapp zu entgehen und im Allgemeinen alles zu tun, was sie tun wollten – auf der ganzen weiten Welt der Menschen und einigen anderen Ebenen. Ungefähr jedes Jahrhundert hatten sie einen fürchterlichen Streit, woraufhin jeder in eine andere Richtung ging und seine eigenen Abenteuer erlebte. Allerdings zog es sie stets wieder zum anderen.

Zwei Hälften eines Ganzen, wie ihre

Mutter zu sagen pflegte. Es konnte stimmen, aber das machte das gesamte Konzept nicht weniger lästig.

Jetzt da sie als Mitglieder der Alpha Wächter rekrutiert worden waren oder *gerettet*, wie Rhys Macaulay ihre Entführung und kurze Inhaftierung *zum Wohl der Stadt* nannte… jetzt mussten sie nach *Regeln* leben. Die Gray Brüder, wie sie sich angewöhnt hatten sich zu nennen, waren nicht gerade gut darin, Regeln zu befolgen.

„Rhys und die Jungs sind bereits draußen", stellte Kellan fest und nickte zu den Wächtern, die sich auf der Eingangstreppe des Herrenhauses versammelt hatten.

„Und warten auf uns, nehme ich mal an", murrte Kieran. „Ist ja nicht so, als hätten wir nicht gerade erst zwölf Stunden Patrouille hinter uns…"

„Wir haben dem zugestimmt", erinnerte Kellan ihn mit einem Achselzucken. „Wir haben die Zeremonie durchgeführt und all das."

„Die einzige andere Option war, dass wir uns von ihnen im Herrenhaus einsperren lassen, bis sie der Meinung wären, dass die große, böse Gefahr für New Orleans vorüber ist. Das nenne ich nicht, eine Wahl haben."

Sie marschierten durch den Vorgarten und gesellten sich zu dem Kreis, in dem Rhys, Gabriel, Aeric und Asher standen und die Sachlage diskutierten.

„Was haben wir verpasst?", erkundigte sich Kieran zur Begrüßung.

„Wird aber auch Zeit, dass ihr endlich kommt", schimpfte Gabriel.

„Ja, ja", sagte Kellan beschwichtigend. „Nur weil bei Cassie jederzeit die Wehen einsetzen können und du das reinste Nervenbündel ist, heißt das nicht, dass du uns einfach so runterputzen kannst. Wir haben einen Haufen Trillah Dämonen mitten im Business District aus dem Verkehr gezogen. Mach mal halblang."

„Wir reden über Pere Mals

Verschwinden", informierte Asher sie, der immer die Stimme der Vernunft war. Der Mann war so stoisch, dass er praktisch ein Roboter war, was witzig war im Vergleich zu Kira, seiner kleinen temperamentvollen Gefährtin. „Wir haben jetzt seit Wochen keinen einzigen Piep aus seinem Lager gehört. Er ist einfach *fort*."

„Trotzdem scheint jeder einzelne seiner Lakaien beschäftigter als jemals zuvor zu sein", merkte Aeric an.

„Ja, aber wenn wir einen der Mistkerle in die Ecke drängen, wirken sie anders. Früher hatten sie irgendwie Spaß an ihren bösen Taten, jetzt wirken sie einfach nur... verängstigt", beendete Gabriel die Aufzählung.

„Echo hat Gerüchte gehört, dass ein neuer Kerl den Laden schmeißt. Sogar ein ähnlicher Name wie Pere Mal, aber... niemand redet. Ihre üblichen Quellen rennen alle panisch davon und halten sich bedeckt. Ich habe vor ein paar Tagen versucht, mit Ciprian dem

Vampir Kontakt aufzunehmen und selbst er wirkte nervös."

„Das will was heißen", meinte Aeric stirnrunzelnd. „Ciprian ist einer der arrogantesten Menschen, denen ich jemals begegnet bin. Ich benutze den Begriff *Menschen* hier sehr weitgefasst."

„Ich denke trotzdem, dass das auf Cassies Vorhersage über Kieran und Kellan zurückgeführt werden kann", sagte Gabriel und verschränkte die Arme. „Sie hat prophezeit, dass, wenn Pere Mal sie nicht tötet, jemand Größeres und Gefährlicheres nach ihnen suchen würde."

„Nicht nach uns", unterbrach ihn Kieran. „Schieb das nicht uns in die Schuhe. Der große böse Wolf soll angeblich eine Schicksalsgefährtin jagen. Einer von uns soll sich angeblich in eine Frau verlieben und sie wird das Ziel sein, nicht wir."

„Ja, aber wenn der neue Boss ähnlich wie Pere Mal tickt, wird er euch jagen, um sie zu finden", wandte Gabriel ein.

„Das ist sowieso alles sinnlos, da sich keiner von uns beiden verliebt hat", sagte Kellan, dann zog er an Kieran gewandt eine Braue hoch. „Außer natürlich, du hast Gefühle für Emma entwickelt?"

Kieran kniff die Augen zusammen.

„Wen?", fragte er. Die finstere Miene seines Zwillings machte deutlich, dass Emma das Mädchen war, das Kieran Kellan erst in der vergangenen Nacht ausgespannt hatte. „Ah, ja, an dieser Front gibt es nichts zu befürchten."

„Offensichtlich nicht", blaffte Kellan.

„Nun, bei dem Theater, das du veranstaltest, denke ich, dass es offenkundig ist, dass du derjenige sein wirst, der die todgeweihte Dame in Nöten als Schicksalsgefährtin bekommt", stichelte Kieran, der nicht widerstehen konnte, das Messer noch etwas tiefer zu bohren.

Kellans Wangen röteten sich vor Zorn, aber er konnte kein weiteres Wort vorbringen.

„Tut mir ja leid, diese charmante Diskussion zu unterbrechen", sagte Asher, „aber wir haben größere Sorgen. Pere Mal und der neue Kerl mögen zwar hinter den Kulissen ihre Fäden ziehen, aber wir haben immer noch andere Aufgaben zu erledigen. Und zwar gibt es ein ziemlich aggressives Nest junger Vampire in Treme und die erweisen sich als recht unangenehme Nachbarn."

„Sie haben sich gestern Nacht ein Kind geholt und gebissen", seufzte Rhys. „Und das nach einer Reihe anderer Beschwerden. Wir müssen das ganze Nest räumen und das Haus bis auf die Grundmauern niederbrennen, um sicherzustellen, dass sie nicht zurückkommen. Ihr wisst ja, wie territorial Vampire sein können."

„Worauf warten wir dann noch?", wollte Kieran wissen. „Lasst sie uns dem Erdboden gleichmachen."

Kopfschüttelnd folgte Kieran dem

Rest der Wächter zu dem wartenden SUV, bereit, Köpfe rollen zu lassen.

―――

„Mannomann", fluchte Kieran, während er einen Klumpen blutigen Schleims von seiner Schwerthand schüttelte. „Habe ich schon mal erwähnt, dass Vampire *ekelhaft* sind? Nicht zu vergessen, ihr schrecklicher Geschmack in Sachen Inneneinrichtung. Das ganze Haus befindet sich in einem Zustand irgendwo zwischen Opiumhöhle und etwas aus einem Anne Rice Roman. Es ist äußerst einfallsreich, nicht wahr?"

„*Aye*, aber wenigstens ist der Job erledigt", erwiderte Rhys, der den Raum humorlos betrachtete. „Es sieht aus, als hätten wir alle erwischt, was meint ihr?"

Gabriel durchquerte den Raum mit einer Grimasse, wobei er kurz anhielt, um seine Klinge an einem Samtvorhang abzuwischen.

„Von diesem Nest bekomme ich Gänsehaut", murrte Gabriel. „Ah, gerade zur rechten Zeit, hier kommt der Trupp vom Obergeschoss."

Aeric kam als Erster die wacklige Treppe hinunter, dann tauchte Asher auf, der Kellan stützte, da dieser ganz eindeutig humpelte.

„Was zum Teufel stimmt mit dir nicht?", fragte Kieran. Er sprach seine Worte lässig aus, aber das hielt ihn nicht davon ab, durch das Zimmer zu eilen, um nach seinem Bruder zu sehen.

„Verdammter Vampir hat mir ins Bein gebissen!", ächzte Kellan. „Ins *Bein*, gottverdammt. Ich schwöre, ich hatte noch nie so viel Spaß dabei, jemanden zu enthaupten."

„Hat er es geschafft, dich mit seinem Gift zu infizieren?", erkundigte sich Rhys, der Kieran gefolgt war, um Kellans Verletzung in Augenschein zu nehmen.

„Oh, ja, die Haut um den Biss verdunkelt sich bereits. Ich denke, wir werden dich zur Notaufnahme bringen müssen."

Kellans Miene verdüsterte sich. „Ich hasse Krankenhäuser."

Kieran signalisierte Asher, dass er ab jetzt als Stütze für seinen Bruder fungieren würde.

„Benimm dich nicht wie ein Kind", stichelte Kieran gegen seinen Bruder. Erwartungsgemäß nahm Kellan sofort eine Verteidigungshaltung ein.

„Jeder, der von der Königlichen Gesellschaft gefangen genommen und viviseziert wurde, würde Ärzte hassen. Es hat einen Monat gedauert, bis du bemerkt hast, dass sie mich festhielten!", protestierte er.

„Das war Anfang des 17. Jahrhunderts. Zu der Zeit gab es nicht einmal ein richtiges Postsystem. Außerdem ist das vier Jahrhunderte her. Meinst du nicht, es ist an der Zeit, dich deinen Ängsten zu stellen, kleiner Bruder?"

„Kleiner Bruder, dass ich nicht lache", maulte Kellan, während Kieran ihm nach draußen und auf die Rückbank des Wächter SUVs half. „Mutter hat uns nie verraten, wer zuerst geboren wurde. Du hältst dich nur für überlegen. Hauptsächlich, weil du Wahnvorstellungen erlegen bist."

Aeric und Rhys setzten sich auf die Vordersitze und Aeric fuhr zum Graumarkt.

„Bedenk doch einfach die Beweise", sagte Kieran, der das Geplänkel zwischen ihnen aufrecht hielt. Kellans Verletzung begann bestimmt schon zu schmerzen. Eine Ablenkung konnte da nicht schaden. Er zählte seine Gedanken an den Fingern ab. „Ich bin ein Prinz des Lichthofes. Ich kann Feenglanz benutzen, um meine Gestalt zu verändern. Ich habe gelernt, meine Gestalt zu wandeln und mein Bär ist umwerfend. Ich kann starke Elementarmagie wirken, ich kann mühelos zwischen den meisten

Existenzebenen hin und her springen –"

„Wir sind Zwillinge, du Knallkopf", erinnerte Kellan ihn mit einem Augenrollen.

„Ich zähle nur die Tatsachen auf. Kein Grund, eingeschnappt zu sein. Oder geht es hier um die alte Licht versus Dunkelheit Debatte? Bist du immer noch böse, dass du die eindeutig weniger mächtige von zwei großartigen Kräften erhalten hast?" Kieran zog herausfordernd eine Braue hoch, weil er wusste, dass das Kellan noch weiter auf die Palme bringen würde.

„Werdet ihr zwei endlich mal die Klappe halten?", fluchte Aeric, als er gerade nördlich des French Quarter vor ein verlassenes Haus fuhr. „Man könnte meinen, wir fahren mit zwei Kindern auf dem Rücksitz herum."

„Ist das das neue Portal zum Sloane Krankenhaus?", wollte Kieran wissen, der auf das efeubewachsene, heruntergekommene Haus spähte. Aus

Gründen der Zweckmäßigkeit verfügte das Krankenhaus über einen Privateingang, der vom Rest des Graumarktes getrennt war. „Das letzte Mal war es noch drüben in der Holy Cross Nachbarschaft."

„Zufälligerweise haben die Wächter ihren eigenen Eingang zum Sloane. Tatsächlich sind es sogar mehrere, die in der ganzen Stadt verteilt sind. Wir scheinen die Notfalldienste häufiger in Anspruch nehmen zu müssen als der Durchschnittsbärengestaltwandler", erklärte Rhys.

„Schnieke", scherzte Kellan. Ein Blick auf ihn offenbarte, dass er anfing zu schwitzen. Es musste viel passieren, bis einer der Gray Brüder Anzeichen von Unwohlsein zeigte, weshalb Kieran jetzt aus dem Auto stieg und Kellan ebenfalls rauszog.

„Okay, ich denke, diese Geschichte birgt auch einige Möglichkeiten in sich", erklärte Kieran ihm, während er und Rhys Kellan halfen, die

Betonziegeltreppe des Hauses zu erklimmen. Sie traten durch das Portal, fühlten den kurzen Verlust der Schwerkraft und dann traten sie direkt in einen vertrauten Korridor. Sie waren jetzt nur noch ungefähr neunzig Meter vom Empfangsschalter der Notaufnahme entfernt.

„Und welche wären das?", fragte Kellan, dessen Kiefer vor Anstrengung, seine Schmerzen zu unterdrücken, ganz angespannt war.

„In diesem Laden gibt es haufenweise heiße Kith-Krankenschwestern. Du könntest ein wenig Pflege gebrauchen, Bruder. Und wahrscheinlich auch, flachgelegt zu werden – "

„Hey, hi", rief Aeric der Triage-Krankenschwester zu, die hinter dem Anmeldetresen hochsah. „Alpha Wächter. Dieser hier hat einen fiesen Vampirbiss, hohe Giftdosis. Muss zu einem Arzt, sofort."

„Oh!", sagte die zierliche, blonde

Krankenschwester und sprang auf. „Kommen Sie zum ersten Untersuchungszimmer, okay?"

Sie führte sie zu einem kleinen Raum, in dem ein Untersuchungstisch und zwei Stühle standen. Sich zu den Wächtern drehend, schürzte sie die Lippen.

„Können Sie Dr. Khouri herholen, falls sie hier ist? Wir haben bereits mehrmals mit ihr zusammengearbeitet", bat Aeric die Krankenschwester.

„Dr. Khouri ist immer hier", antwortete die Krankenschwester leicht schmunzelnd. „Ich werde mich darum kümmern und sie zu Ihnen schicken."

Sie bedeutete Kellan, sich auf den Untersuchungstisch zu setzen.

„Versuchen Sie, sich zu entspannen", erklärte sie ihm. „Wurden Sie schon mal von Dr. Khouri untersucht?"

„Nein, sie kümmert sich um einige der Gefährtinnen der Wächter", mischte sich Kieran ein.

„Ich verstehe. Nun, ich werde sie

jetzt holen. Es kann allerdings nur einer von Ihnen bei ihm bleiben", informierte sie sie mit entschuldigender Miene. „Die anderen zwei müssen uns etwas Platz zum Arbeiten machen."

Aeric und Rhys verließen den Raum ohne weitere Aufforderung und nahmen auf Stühlen direkt vor dem Zimmer Platz. Wenn sie sich umdrehten, konnten sie immer noch durch die Glasscheibe schauen, also war das kein sehr großes Opfer. Sich selbst überlassen, tauschten Kieran und Kellan einen Blick aus.

Kellan öffnete den Mund und setzte an, Kieran blöd anzumachen. Dann erstarrte er und runzelte die Stirn. Kieran drehte sich um, weil er sich fragte, was seinen Zwillingsbruder so schnell zum Verstummen gebracht hatte.

Vor dem Zimmer stand eine umwerfende Frau in einem weißen Arztkittel. Sie war zierlich, aber kurvig, ihre sexy Figur war trotz der

Arztkleider und des Kittels zu erkennen. Sie hatte eine karamellfarbene Haut und einen langen Vorhang rabenschwarzer Haare. Einen Stapel Patientenakten umklammernd, blickte sie nicht einmal auf, als sie auf Kieran und Kellan zulief.

Kierans Herz und Magen machten einen Satz. Die Wucht des Gefühls zwang ihn beinahe in die Knie.

Mein!, brüllte seine Seele.

Und dann, einen Moment später, *Gefährtin*.

Sein Herz hämmerte in seiner Brust, seine Hände zitterten, das Verlangen, sie zu berühren, war beinahe unerträglich. Es passierte, genau wie Cassie es vorhergesagt hatte. Kieran hatte zuvor an ihr gezweifelt, aber jetzt war es so, so offensichtlich.

„Ich habe meine – ", hob er zu sprechen an, dann stoppte er und sein Blick schnellte zu seinem Bruder. Kellan hatte gesprochen und er wollte verdammt sein, wenn es sich nicht so angehört hatte, als hätte er gerade gesagt...

„Schicksalsgefährtin gefunden", beendete Kellan seinen Satz.

Kieran konnte spüren, dass er seinen Bruder wie ein Idiot anglotzte, und sah den gleichen verblüfften Ausdruck im Gesicht seines Zwillingsbruders.

„Oh zur *Hölle*, nein", zischte Kieran und bleckte die Zähne.

Kellan konnte alles andere auf dieser Welt haben, alles. Kieran würde, ohne zu zögern, sein Leben für Kellan lassen.

Aber dieses Mädchen... diese Frau... sie war *sein*.

2

Ich muss eine der unglücklichsten Personen auf diesem Planeten sein, dachte sie sich. *Ganz einfach.*

Dr. Serafina Khouri biss auf ihre Lippe, während sie einen Stapel Patientenakten balancierte, der sich anfühlte, als würde er sich bis zur Decke türmen.

Okay, okay. So schlecht ist mein Leben auch wieder nicht. Ich habe einen Job, ich habe ein Zuhause. Ich sollte nicht so viel jammern. Aber trotzdem...

Bis jetzt meinte es ihre Schicht in der Notaufnahme des Sloane

Krankenhauses an diesem Dienstagmorgen nicht gerade gut mit ihr. Nachdem sie um vier Uhr fünfundvierzig am Morgen hier angekommen war, fünfzehn Minuten bevor ihre Schicht eigentlich begann, war sie von einer scheinbar nie endenden Welle an Fällen überschwemmt worden. Ein Feuer in einem beliebten Vampirclub hatte die Notaufnahme mit Kith-Patienten gefüllt, die sich mit kleineren Verbrennungen und Rauchvergiftungen herumplagten. Auf einer Motorrad-Clubrally war ein Kampf zwischen einigen Wolfgestaltwandlern ausgebrochen, was bedeutete, dass Sera gebrochene Nasen, fiese Bisswunden und einige Gehirnerschütterungen behandeln hatte müssen. Mitten in all diesem Chaos hatten auch noch bei einem Bejahhb Dämon im Wartezimmer die Wehen eingesetzt und die Geburt von sechs sich windenden und mit

Tentakeln ausgestatteten Babydämonen hatte Sera beinahe an den Rand eines Zusammenbruchs gebracht.

Sera hatte zwei Schalen Operationswerkzeuge fallen lassen, den Boden ihrer Arzthose ausgerissen und sich die empfindliche Haut an ihrem Innenarm mit der säurehaltigen Nachgeburt der Bejahhb Mutter verätzt. All das war während der ersten sechs Stunden ihrer Schicht passiert. Den Rest ihrer Schicht hatte sie zum Glück mit weniger Vorfällen hinter sich gebracht. Nun, es hatte keine Vorfälle mit *Patienten* mehr gegeben.

Das Personal war nochmal eine andere Sache. Obwohl Sera bereits etwas über ein Jahr im Sloane Krankenhaus arbeitete, war sie beim restlichen Personal nicht gerade beliebt. Insbesondere nicht bei Dr. Gregor Day und all den Krankenschwestern und Ärzten, die an seinen Lippen hingen. Der gut aussehende französische Gargoyle hatte Sera bereits an ihrem ersten Tag im Sloane ins Auge gefasst und sie nur wenige Minuten, nachdem er sie kennengelernt hatte, um ein Date gebeten.

Date war nicht einmal das richtige Wort für das, was er vorgeschlagen hatte. Er hatte sie gefragt, ob sie auf eine Flasche Wein zu seinem Apartment kommen wollte, „und vielleicht einen Film… falls wir so weit kommen". Das war mit einem Augenbrauenwackeln einhergegangen, womit er angedeutet hatte, dass sie zu beschäftigt sein würden, schweißtreibenden Sex zu haben, um einen Film zu schauen.

Sera war errötet und hatte ihm einen Korb gegeben, beleidigt von seinen amourösen Annahmen. Damit hatte sich Sera unwissentlich für einen besonders steinigen Weg für den Rest ihrer Anstellung im Sloane Krankenhaus entschieden.

Dass sie Dr. Days Avancen abgelehnt hatte, schien Gregor schockiert zu haben und hatte für ordentlich Gesprächsstoff unter dem Krankenhauspersonal gesorgt. Wie konnte es Sera wagen, den großen, dunklen und gut aussehenden Arzt, nach dem sich jede heimlich verzehrte, abblitzen zu lassen? Sera hielt sich jedoch nicht nur an ihre strenge Regel, keine Arbeitskollegen zu daten, sondern sie fand Gregor auch zu aufdringlich und egoistisch.

Außerdem hatte Dr. Day einen eindeutig unfairen Vorteil Sera gegenüber, obgleich sie eine Weile gebraucht hatte, diesen Fakt aufzudecken. Durch die Adern von Gargoyles floss eine Menge natürliche Heilmagie, was bedeutete, dass Gregor einfach in einen Raum marschieren und beinahe jedes Leiden kurieren konnte. Die Leichtigkeit, mit der er seiner Arbeit nachging, ließ Sera grün vor Neid werden.

Ihre Adoptiveltern waren eine Kräuterhexe und ein

Falkengestaltwandler, aber Seras eigene Kith-Kräfte blieben ein Rätsel. Von Zeit zu Zeit konnte sie etwas Heilmagie ausüben, aber den Großteil der Zeit musste sie sich den Arsch aufreißen, um sich um ihre Patienten zu kümmern. Ihre Sturheit war das Einzige, das Seras medizinische Karriere so weit vorangetrieben hatte, das und eine Menge langer Nächte. Sie wollte verdammt sein, wenn sie sich von dem Riesenego eines Mannes alles zunichtemachen lassen würde, wofür sie gearbeitet hatte.

Sie seufzte, als sie ein Patientenzimmer verließ. Sie fühlte sich ruhelos, obwohl sie den ganzen Morgen pausenlos in Bewegung gewesen war. Direkt nach Vollmond fühlte sie sich immer so, als würde ihr etwas fehlen… aber was? Ihre Mundwinkel sanken herab, als sie daran dachte, wie sie sich während des Vollmonds verloren hatte, ganze Stunden, die verschwanden…

Darüber sollte sie jetzt besser nicht

nachdenken. Mit Muskelkater und Gedächtnislücken aufzuwachen, bedeutete nicht, dass sie etwas Schlimmes machte. Nur… etwas Rätselhaftes, sogar für sie selbst. Zwischen dem und den Träumen, diesen lebhaften Träumen, die sie über Leben hatte, die sie nie geführt hatte, über Leute, die sie geliebt und verloren, aber dennoch nie gekannt hatte…

Ja, in Seras Leben war momentan ziemlich viel los.

„Dr. Khouri."

Sera drehte sich um und stellte fest, dass Dr. Adeem, der Chefarzt, mit ungeduldiger Miene hinter ihr stand.

„Dr. Adeem, guten Morgen. Oder Nachmittag?", korrigierte sich Sera und blinzelte stirnrunzelnd auf ihre Armbanduhr.

„Es ist beinahe sechs Uhr am Abend, Dr. Khouri", informierte sie Dr. Adeem in seinem scharfen pakistanischen Akzent, wobei er über den Rand seiner

Brille auf Sera hinabsah. „Geht es Ihnen gut?"

„Ja, natürlich", platzte es aus Sera heraus. „Nur ein hektischer Tag. Wie jeden Tag, ha ha."

Ein unangenehmer Augenblick verging, in dem Dr. Adeem Sera aus schmalen Augen betrachtete.

„Schön", sagte er schließlich. „Ich weiß, Ihre Schicht ist fast zu Ende, aber ich hätte gerne, dass Sie sich noch um einen letzten Patienten kümmern. Einer der Alpha Wächter ist mit einem Vampirbiss reingekommen. Da wir sie als VIPs betrachten, möchte ich, dass Sie sich um ihn kümmern, ehe Sie gehen."

„Ich?", fragte Sera peinlich berührt darüber, wie überrascht sie klang.

Dr. Adeems Stirnrunzeln vertiefte sich.

„Ja, Sie. Dr. Khouri, ich weiß, Sie hatten leichte Probleme, sich im Sloane Krankenhaus einzugewöhnen, aber Sie sind eine exzellente Ärztin. Sehr gründlich und sachkundig. Ich weiß, Sie werden dem Patienten die bestmögliche Pflege angedeihen lassen."

Er hob seine Augenbrauen, als wollte er sie herausfordern, seine Aussage infrage zu stellen.

„Dankeschön", sagte Sera und lief rot an. „Ich – ich werde jetzt nach ihm sehen."

Bevor sie den Moment verderben konnte, wirbelte sie herum und lief den Gang entlang.

„Dr. Khouri!", rief Dr. Adeem und deutete in den Gang. „Sie sind im Untersuchungsraum Eins. Die andere Richtung."

Sie stoppte und drehte mit einer Grimasse um, winkte ihm kurz und kicherte verlegen, während sie in die andere Richtung lief.

Super, Sera.

Sie wollte so dringend aus Dr. Adeems Sichtfeld verschwinden, dass sie sich davon abhalten musste, nicht los zu sprinten, während sie sich auf den Weg zur Notaufnahme machte. In ihrem Überschwang verlor sie beinahe ihren Stapel Patientenakten und kämpfte immer noch mit ihnen, als sie sich der Tür des Untersuchungszimmers näherte.

Stirnrunzelnd zog sie die Akte ihres neuen Patienten aus dem Fach neben der Tür und klappte sie auf. Für gewöhnlich überflog sie eine Akte gerne, bevor sie sich mit dem Patienten besprach, was bedeutete, dass sie zu dem Zeitpunkt, an dem sie sich vorstellte, bereits eine vage Vorstellung von den Beschwerden des Patienten hatte und wusste, welche Fragen sie stellen musste.

„Kellan Gray?", fragte sie schließlich und trat ganz in den Raum.

Sie blickte auf und schaute dann nochmal. Da waren zwei von ihnen, zwei riesige, bullige Männer mit silberbraunen Haaren, unfassbar breiten Schultern, markanten Kiefern und stechenden grünen Augen.

Zwillinge. Heilige *Scheiße*.

"*Aye*", sagte der, der auf dem Untersuchungstisch saß.

Da war etwas, irgendeine unterschwellige Botschaft, die zwischen den zwei Männern in einem kurzen Blick ausgetauscht wurde. Sera öffnete den Mund, um zu sprechen, aber fühlte sich plötzlich merkwürdig. Heiß, kochend heiß. Aber auch eiskalt. Als bestünde ihre Haut aus Eis, aber eine merkwürdige Hitze würde in ihrem Inneren hochblubbern, Lava, die unter einem schlafenden Vulkan anstieg, bereit, die Spitze in die Luft zu jagen.

Die beiden anzuschauen, weckte ein wirklich eigenartiges Gefühl in ihr, beinahe... besitzergreifend? Wie eine Stimme, die flüsterte *mein*. Bevor sie zu viel darüber nachdenken konnte, brach ihr am gesamten Körper der Schweiß aus.

"Dr. Khouri?", fragte einer der Männer und streckte seine Hand nach ihr aus.

Dann fühlte Sera ihren ganzen Körper erschaudern. Sah eine strahlend weiße Magiewelle aus ihrem Körper hervorbrechen, sogar als ihre Augen in ihren Kopf zurückrollten.

Sie spürte nicht, wie sie auf dem Boden aufschlug, aber sie fiel, fiel, fiel…

3

Kellan und Kieran eilten gleichzeitig an ihre Seite. Kellan knurrte tief in seiner Kehle, als sein Knie unter ihm nachgab, was zur Folge hatte, dass Kieran sich an ihm vorbeischob und die Frau packte, ehe sie auf dem Boden aufschlagen konnte. Allein Kieran dabei zu beobachten, wie er sie auffing und in seinen Armen wiegte, mit etwas wie Ehrfurcht auf die hübsche Ärztin hinabstarrte…

Es tat *weh*. Mehr als dieses vermaledeite Bein, tiefer.

„Hey, wir brauchen hier Hilfe!", schrie Kieran.

„Du verdammter Drecksack", knurrte Kellan.

Mehrere Krankenschwestern eilten herbei und zogen Dr. Khouri aus Kierans Armen, weshalb sich dieser stattdessen zu Kellan drehen konnte.

„Sie gehört mir", fauchte Kieran.

„Den Teufel tut sie", fluchte Kellan.

Kieran überraschte ihn, indem er seine Bärengestalt annahm. Das war etwas, dass sie normalerweise nur taten, um zu den anderen Wächtern zupassen. Ungeachtet seiner Verletzung verwandelte sich auch Kellan mit einem Brüllen. Der Schmerz in seinem Bein verschaffte ihm sogar einen kleinen Vorteil.

Fuck, nein, er würde seinen durchtriebenen Arschlochbruder nicht in die *Nähe* seiner Gefährtin lassen. Kellan stürzte sich direkt auf Kierans Kehle und die anderen Kith machten sich alle aus dem Staub, als die Brüder einen gefährlichen, wütenden Kampf begannen. Sie hätten weitergekämpft, ein gewaltsames Knäul aus Fell und Zerstörung, wenn Rhys nicht in das Zimmer getreten und die Finger an seine Lippen gelegt hätte, um einen ohrenbetäubenden Pfiff auszustoßen.

Kellan geriet als Erster ins Taumeln, was ausreichte, dass Kieran seine scharfen Krallen über dessen Schulter ziehen konnte. Kellan brüllte vor Schmerz auf und seine Wut entfachte von neuem.

„GENUG!", donnerte Rhys.

Das ließ sie aufmerken.

„Verwandelt euch, jetzt", zischte Rhys, wobei er aussah, als würde er ihnen am liebsten noch an Ort und Stelle den Hals umdrehen. „Das ist inakzeptabel. Wir sind Alpha Wächter, keine Kerle bei einer Kneipenschlägerei."

Kieran verwandelte sich zuerst und Kellan folgte widerwillig seinem

Beispiel.

„Du, setz dich verdammt nochmal auf deinen Arsch und beweg dich nicht, bis dein Bein behandelt wurde", befahl Rhys Kellan. Dann wandte er sich an Kieran.

„Du, geh und wasch das Blut von deinen Knöcheln und sieh nach der Ärztin. Ich will, dass ihr euch nicht einmal anseht, bis ihr euch abgekühlt habt."

Kieran verschwand mit finsterer Miene, Rhys direkt hinter ihm. Ein besonders penetranter älterer Pfleger zwang Kellan dazu, sich erneut hinzusetzen. Dass Kellan ihn anknurrte und den Tisch mit weißen Knöcheln umklammerte, schien ihn nicht zu beeindrucken.

Kieran war lange Zeit verschwunden, wahrscheinlich um sich in einem anderen Zimmer um Dr. Khouri zu kümmern, nur um mitten in der schmerzhaften Behandlung von Kellans Vampirbiss zurückzukehren.

Kellan funkelte seinen Zwilling wütend an, der den finsteren Blick ebenso düster erwiderte. Beide hatten ihre Arme verschränkt und den Kiefer auf die gleiche Weise stur zusammengepresst.

Ja, das würde übel enden und zwar schnell.

„Was ist mit der Ärztin?", wollte Kellan wissen.

„Serafina", informierte Kieran ihn mit einem überlegenen Grinsen. „Sera ist ihr Spitzname."

Kellan fluchte leise vor sich hin, aber er wollte den Pfleger, der seine Wunde mit federleichten Berührungen säuberte, nicht verärgern. Er musste sofort gesund werden.

„Und?", hakte er nach.

„Sie sind sich nicht sicher, warum sie ohnmächtig wurde", antwortete Kieran mit einem leichten Achselzucken. „Aeric und einer der Ärzte sind bei ihr. Sie versuchen es herauszufinden."

„Wirkte wie eine gewaltige Magieexplosion, aus heiterem Himmel."

Kieran nickte nichtssagend. Bevor sie ihre halbherzige Konversation fortführen konnten, platzte Rhys in den Raum und deutete mit einem Finger auf Kieran.

„Stimmt es?", fragte er, sein schottischer Dialekt tief und ausgeprägt.

„Was?", fragte Kieran.

„Ist sie die Gefährtin? Deine Gefährtin, meine ich?", fragte er.

Kieran warf Kellan einen Blick zu.

„Das ist sie."

„Einen Teufel ist sie", knurrte Kellan.

Rhys wandte sich Kellan zu.

„Was soll das heißen?"

„Sie hat bei uns beiden die gleiche Empfindung ausgelöst, den Paarungsruf." Kellan wölbte eine Braue. „Und ich werde nicht zulassen, dass er mir diese Frau wegnimmt. Sie gehört *mir*."

„Nur über meine gottverdammte Leiche", fauchte Kieran.

Der Pfleger, der sich um Kellans Bein gekümmert hatte, befestigte das Ende des Gazeverbandes und erhob sich.

„Sie können gehen, aber müssen es langsam angehen lassen", erklärte der Mann und bedachte Kellan mit einem strengen Blick.

„Schlechter Zeitpunkt für Bettruhe", stichelte Kieran.

Kellan machte einen Schritt auf ihn zu, ein Knurren vibrierte in seiner Brust, aber Rhys stoppte ihn mit einer Hand.

„Wir haben hier gerade größere Sorgen, Jungs. Wir müssen die Ärztin mit zum Herrenhaus nehmen und sie hinter Schloss und Riegel halten, bis wir herausfinden, wie sie mit der Prophezeiung zusammenhängt." Er hielt inne und sah vom einen zum anderen. „Könnt ihr zwei euch so lange zivilisiert verhalten, dass ihr sie ins

Auto bringen könnt? Ich werde mit der Krankenhausverwaltung reden und ihnen mitteilen müssen, dass sie einige Tage Urlaub braucht."

„Ja", antworteten sie wie aus einem Mund, dann durchbohrten sie einander mit wütenden Blicken.

Rhys warf ihnen einen letzten warnenden Blick zu, dann drehte er sich um und marschierte aus dem Raum.

„Lass es uns einfach hinter uns bringen, okay?", schlug Kellan vor.

Kieran war bereits aus der Tür, weshalb Kellan nichts anderes übrigblieb, als ihm zu folgen. Typisch.

Kellan überließ Kieran das Ruder, weil er keinen Streit darüber entfachen wollte, wer der größere Alpha war, wenn sich seine bewusstlose, angeschlagene Gefährtin in der Mitte des Ganzen befand. Nachdem sie die Freigabe der Ärzte erhalten hatten, die Sera kurz geweckt und die Entlassungspapiere unterzeichnet hatten, brachten die Zwillinge sie hinaus auf den Parkplatz.

Als wäre er auf magische Weise herbeigerufen worden, wartete der Butler der Wächter, Duverjay, vor einem ihrer SUVs, dessen Motor bereits lief. Rhys war anscheinend nicht untätig gewesen.

„Rhys und Aeric werden den anderen Wagen zurückfahren", informierte Duverjay sie, nachdem Kieran und Sera sich auf die Rückbank gesetzt hatten und Kellan auf den Beifahrersitz. „Im Herrenhaus sind alle ganz aus dem Häuschen in Erwartung ihrer Ankunft."

Zweifellos wurde gerade ihr Zimmer vorbereitet, das ihr im Herrenhaus zugeteilt worden war. Kellans Hände ballten sich abermals zu Fäusten, während ein Knoten sturen Stolzes in seiner Brust zerplatzte. Das war gewiss nicht der richtige Zeitpunkt für einen Faustkampf, doch er konnte nicht einfach passiv bleiben und seinem

Zwilling erlauben, das Herz der Frau im Sturm zu erobern.

Das. Würde. Er. Nicht. Zulassen.

Aber wie sollte er das Gleichgewicht finden?

Zum Glück verlief ihre Ankunft im Herrenhaus relativ problemlos. Mere Marie mischte sich ein und übernahm die Führung, brachte die Ärztin... Sera, erinnerte er sich, in ein Gästezimmer, das von zwei leeren Schlafzimmern flankiert wurde. Ohne Kieran einen Blick zuwerfen zu müssen, wusste Kellan, dass sie beide ihre wenigen Besitztümer später am Abend in diese Zimmer schaffen würden.

Wenn Kierans Verlangen, in Seras Nähe zu sein, auch nur annähernd so stark war wie seines, dann musste es ihn umbringen. Nicht, dass Kieran jemals tiefe Gefühle für irgendeine Frau empfand, die er in sein Bett holte. Kellan war sich ziemlich sicher, dass er tiefere und echtere Gefühle hegte, als es sein Bruder jemals tun würde.

„Ich erwarte euch beide in zwanzig Minuten im Erdgeschoss", informierte Mere Marie sie scharf, nachdem Sera in das Gästezimmer verfrachtet worden war. „Momentan bemühe ich mich, das Chaos einzudämmen, aber es gibt vieles zu besprechen. Sobald ihr beiden runter kommt, findet ein Gruppenmeeting statt."

„Wir wissen auch nicht mehr als du", sagte Kellan, aber sie hielt nur eine Hand hoch.

„Zwanzig Minuten", wiederholte sie. Anschließend verließ sie mit raschelnden Roben das Zimmer. „Und verschreckt sie nicht. Rhys hat mir berichtet, dass ihr zwei bereits um das arme Mädchen gekämpft habt."

Kellan rollte mit den Augen. Okay, vielleicht hatten er und Kieran sich im Verlaufe der Zeit ab und zu in kindischen Kämpfen über Kleinigkeiten verstrickt. Und vielleicht schämten sie sich deswegen auch ein bisschen. Alles, was die Wächter bisher von den Gray

Zwillingen gesehen hatten, war unleugbar nicht gerade ihr *Bestes* gewesen.

„Aye-aye, Captain", erwiderte Kieran und hob seine Hand zum Salut, obwohl sie bereits gegangen war.

„Nette Retourkutsche", meinte Kellan.

Kieran öffnete den Mund, aber Sera unterbrach ihn, da sie sich unter der Decke regte.

„Wo bin ich? Oh Gott, bin ich ohnmächtig geworden?", fragte sie und rümpfte die Nase. Ihr Akzent war Amerikanisch mit einem kaum wahrnehmbaren Unterton von etwas Exotischem, Bezauberndem.

Kellan blieben die Worte eine Sekunde im Hals stecken. Er war viel zu beschäftigt damit, in die Tiefen von Seras großen braunen Augen zu schauen, die genau die Farbe geschmolzener Schokolade hatten. Gesäumt von dunklen Wimpern, über einer stolzen Nase und einem vollen

Mund liegend, waren sie zu schön, um mit Worten beschrieben werden zu können.

„Ich bin Kieran und das ist Kellan. Sie sind in Sicherheit. Wir sind Wächter und wir haben Sie zu unserem Haus gebracht", erklärte Kieran ihr.

„Was? Warum?", fragte sie. Ihr verwirrtes Stirnrunzeln war eher niedlich als besorgniserregend und zupfte an dem festen, nervösen Knoten in Kellans Brust. „Wartet… warum… kenne ich Sie? Sie kommen mir beide so bekannt vor…"

Kellan warf Kieran einen Blick zu und streckte dann eine Hand aus, um Seras zu tätscheln. Sie überraschte ihn, indem sie ihre Hand umdrehte, sie in seine schob und sanft drückte. Unter anderen Umständen wäre das eine tröstliche Geste gewesen, aber jetzt schien sie nur sorgenvolle Fragen und Zweifel auszudrücken. Genauso schnell ließ sie ihn wieder los, zog ihre Hand zurück und dicht an ihren Körper. Als hätte seine Berührung ihre zarte Haut irgendwie verbrannt.

„Ich glaube nicht, aber… das könnte an dem Gefährtenband liegen", erwiderte Kellan, wobei er sich bemühte, mit sanftem Tonfall zu sprechen.

„Dem *was?!*", kreischte sie und ihre Finger krallten sich in die Decke.

„Hören Sie, machen Sie sich dir darüber erst mal keine Gedanken", sagte Kieran.

„Sie sind hier in Sicherheit und den Rest werden wir später klären."

„Warum haben Sie mich hierhergebracht?", wollte sie wissen und griff mit der Hand nach oben, um ihren Hinterkopf zu berühren.

Erneut tauschten die Zwillinge einen Blick aus.

„Sie wurden von den Ärzten im Sloane für gesund befunden", versicherte Kellan ihr. „Aber Sie sollten sich ausruhen. Sie haben eine Menge Energie freigesetzt, was sehr erschöpfend sein kann. Wir können den Rest morgen besprechen, wenn Sie sich erholt haben."

Sera öffnete den Mund, dann schien sie es sich anders zu überlegen. „Das ist Ihr Haus?", fragte sie mit skeptischem Blick.

„Die Wächter teilen es sich", erklärte Kellan. „Hier neben Ihrem Bett ist ein Knopf, damit Sie nach dem Butler rufen können, sollten Sie irgendetwas benötigen. Wir werden uns gut um Sie kümmern, Dr. Khouri."

„Sera", sagte sie und errötete dann bei ihrer automatischen Antwort. „Einfach nur Sera, wenn Sie so nett sein könnten."

„Sera", wiederholte Kellan, der den Klang ihres Namens auf seiner Zunge liebte, als er ihn aussprach. „Gut, dann musst du uns aber auch duzen. Wir werden uns morgen weiter unterhalten, ich verspreche es."

Sie blickte ein weiteres Mal zwischen ihnen hin und her, wobei sich die Röte ihrer Wangen intensivierte, doch sie nickte nur. Als sie nichts mehr sagte, erhoben sich Kellan und Kieran und verließen das Zimmer. Kierans Gesicht war ausdruckslos, während sie in völliger Stille die Treppe nach unten liefen, jeder in seinen eigenen Gedanken versunken.

Die Haut von Kellans Handfläche kribbelte noch immer an der Stelle, wo Sera sie berührt hatte. Es war peinlich, aber diese einfache Berührung hatte ihn in Flammen gesetzt und dafür gesorgt, dass sich sein Körper schmerzhaft zusammenzog und nach ihr sehnte.

Verdammt, das würde übel werden und das schnell.

Dennoch kannte Kellan sich, kannte sein Herz. Er wollte Sera nicht nur, er brauchte sie. Sie rief nach ihm, ohne dass er auch nur das Geringste über ihren Charakter wusste. Er hatte immer gehört, dass es sich bei Schicksalsgefährten so verhielte, aber jetzt da es mit ihm geschah…

Bärrauscht

Er würde sie nicht gehen lassen, nicht solange er lebte und atmete.
Niemals.

4

Sera blickte stirnrunzelnd an sich hinab und dann wieder hoch in den riesigen Spiegel im Gästebadezimmer. Als sie aufgewacht war, hatte sie mehrere hübsche und bunte Kleider in ihrer Größe an der Rückseite der Schlafzimmertür hängend vorgefunden. Dort hatten auch zwei Paar Schuhe gestanden, sodass sie die Wahl zwischen Schuhen mit und ohne Absatz gehabt hatte.

Sie hatte die Schuhe mit dem Absatz mit ihrem nackten Fuß beiseitegeschoben und war in das flache

Paar geschlüpft. Da hatte sie zum ersten Mal die Stirn gerunzelt, weil es ihr perfekt gepasst hatte. Wer zum Kuckuck hatte mitten in der Nacht, während sie geschlafen hatte, Schuhe für sie besorgt?

Das zweite Mal runzelte sie die Stirn, als sie nun ihr Spiegelbild anstarrte, das ihren Körper zeigte, der in ein hinreißendes lavendelfarbenes Kleid mit Spitzenrüschen gehüllt war, das jeden potenziellen Makel verbarg. Dieses Kleid ließ sie *großartig* aussehen. Aber... woher war es gekommen?

Die Person, die es ausgewählt hatte, hatte eindeutig auf ihre Größe und Figur geachtet, aber wusste nicht, dass Sera kaum jemals Kleider oder übermäßig feminine Kleidung trug. Sie mochte vorteilhaft geschnittene Hosen und elegante Seidenblusen, vielleicht gepaart mit einem Jäckchen, um dem Ganzen etwas Flair zu verleihen. Und sie trug fast immer schlichte Converse oder ihre klobigen Arbeitsschuhe, die der Bequemlichkeit nicht dem Aussehen dienten.

Trotzdem… sie konnte sich nicht beklagen. Sie kannte den Namen des Designers nicht, der auf das Schildchen gekritzelt war, aber dieses Kleid war mit ziemlicher Wahrscheinlichkeit Französisch und todschick. Außerdem, wenn sie an die zwei verblüffend gut aussehenden Männer dachte, die sie angestarrt hatten, als wäre sie die letzte Frau auf dem ganzen Planeten, konnte sie es sich leisten, heute ein bisschen femininer auszusehen.

Sie schlenderte aus ihrem Zimmer und die Treppe nach unten, dem Klang weiblichen Gelächters folgend, das durch das Haus schallte. Unten entdeckte sie einen riesigen offen gestalteten Raum mit einem Wohnzimmer und Küche und Gemeinschaftsbereich. Alle Wächter waren verdächtigerweise abwesend, aber fünf Frauen saßen um einen großen Tisch und tranken Kaffee. Ein

Mann in einem formellen Anzug, vermutlich der Butler, den Kellan erwähnt hatte, hielt sich in der Nähe auf, als wartete er darauf, herbeizitiert zu werden.

„Ah! Dr. Khouri!" Eine anmutige ältere Frau mit Haut in der Farbe von Milchkaffee und gekleidet in fließende Roben stand auf und winkte sie herbei. „Kommen Sie und ich stelle Ihnen die Frauen vor."

„Hi", sagte Sera. „Bitte einfach nur Sera. Ähm…"

Sie sah sich einmal im Kreis um. Die Frauen schenkten ihr ein wissendes Lächeln, das Seras Magen Purzelbäume schlagen ließ.

„Kieran und Kellan sind mit den anderen Wächtern auf einer Mission. Sie werden in Kürze zurück sein", erklärte sie und winkte mit der Hand ab. „Setz dich, setz dich. Ich bin Mere Marie, etwas wie… man könnte sagen, die Herbergsmutter?"

Eine der Frauen unterdrückte

etwas, das wie schnaubendes Gelächter klang, aber sagte nichts. Sera nahm auf einem freien Stuhl Platz, während sie den umwerfenden Frauen vorgestellt wurde, die mit den anderen Wächtern zusammen waren. *Kira, Echo, Cassie und Alice,* wiederholte Sera ungefähr ein halbes Dutzend Mal im Stillen in dem Bemühen, sich alle Namen zu merken. Cassie konnte sie sich am einfachsten merken, weil sie schwanger war und wie ein Honigkuchenpferd grinste.

„Würdest du gerne etwas frühstücken? Duverjay wollte uns ein paar Omeletts und Croissants und Cafe au Lait servieren, glaube ich", fragte Mere Marie.

„Ich bin wirklich am Verhungern", gestand Sera lächelnd. „Mein Zeitplan ist jetzt, glaube ich, völlig im Eimer."

„Willkommen im Herrenhaus", sagte Kira, die sie über ihre Kaffeetasse hinweg anlächelte. „Du wirst dich daran gewöhnen."

Einen Moment breitete sich Stille aus, dann errötete Kira.

„Hätte ich das nicht sagen sollen? Ihr habt mir alle fast das Gleiche gesagt, als Asher mich hierher geschleift hat!", protestierte sie.

Die Frauen kicherten, aber Mere Marie schüttelte den Kopf.

„Sera, ich fürchte, wir wissen nicht so recht, was wir mit dir machen sollen", sagte sie langsam. „Wir sind uns ziemlich sicher, dass du in gewissen... Prophezeiungen erwähnt wirst... und in hoher Gefahr schwebst."

„Ich?", fragte Sera, die vom Butler eine Tasse Milchkaffee entgegennahm. „Danke."

„Duverjay, Ma'am", sagte er mit der kürzesten aller Verbeugungen. Daraufhin eilte er in die Küche und fuhr fort etwas zu kochen, das absolut köstlich roch.

„Sera", sprach Cassie sie an und griff mit der Hand über den Tisch, um Seras Aufmerksamkeit zu erhalten. „Ich bin ein Orakel. Also erhalte ich Visionen und vage Einblicke in die Zukunft. Ich habe nie exakt *dich* gesehen, aber ich habe eine Menge Prophezeiungen gehabt, die sich um Kieran und Kellan drehten."

Sera blickte sie ausdruckslos an.

„Und ihre Gefährtin", fügte Cassie hinzu, wobei sich Unsicherheit auf ihre Züge legte.

„Ich verstehe nicht", sagte Sera offenheraus.

„Nun... wir sind uns ziemlich sicher, dass du Kierans Schicksalsgefährtin bist", mischte sich Echo ein. „Oder Kellans? Wir sind uns nicht sicher. Wir hatten eigentlich gehofft, dass du uns das verraten könntest."

Sera sog scharf die Luft ein und nahm ihre Kaffeetasse in die Hand, an der sie nippte, um noch etwas Zeit zu schinden.

„Zu welchem von beiden verspürst du eine Art... Anziehung?", wollte Mere Marie wissen.

„Ähm. Beiden? Es ist irgendwie gleichstark", antwortete Sera, wobei sie bemerkte, dass ihr Gesicht heiß wurde.

„Ooooh", machte Alice und stützte sich auf ihre Ellbogen. „Eine Ménage-Gefährtenbindung. Man stelle sich das mal vor!"

Gerade als Sera vor Scham sterben wollte, tätschelte Kira ihr den Ellbogen.

„Manche Dinge sollen einfach so sein", sagte die andere Frau achselzuckend. „Ich würde es zwar hassen, diejenige zu sein, die den beiden bei ihren ständigen Streitereien zuhören muss, aber ich hätte nichts dagegen, nachts zwischen ihnen zu schlafen."

Darüber musste Sera einfach lachen und ihre Anspannung verflog ein wenig. Hatte Alice recht? War Sera dazu bestimmt, mit zwei Männern zusammen zu sein, für immer? Oder wurde ihr nur eine Wahl gelassen, Kieran oder Kellan?

„Sie haben sich die gesamte Zeit,

während du geschlafen hast, um dich gestritten", informierte Echo sie.

„Oh", war alles, das Sera zustande brachte, dann seufzte sie. „Das ist so überwältigend."

Alle kicherten. Duverjay begann Teller mit fluffigen Omeletts und buttrigen Croissants zu servieren und für eine Minute widmeten sich alle ausschließlich dem Essen. Nach einer Weile setzte das Gespräch wieder ein.

„So ist es immer, wenn man einen Wächter als Gefährten nimmt", vertraute ihr Cassie an. „Wir sind alle auf dieselben Dinge gestoßen. Sie können richtige Tyrannen sein, die dominieren und beschützen müssen. Du musst nur irgendwo eine Grenze ziehen und darauf beharren."

„Ich möchte nicht unhöflich sein", sagte Kira, „aber was *bist* du? Seit du den Raum betreten hast, habe ich versucht, dich zu lesen und es macht mich wirklich verrückt."

„Ich? Eigentlich nichts. Ich bin eine

Kith, aber ich verfüge praktisch über keinerlei Kräfte", erwiderte Sera.

Einen Herzschlag lang herrschte völlige Stille.

„Was?", fragte sie.

„Es ist nur so, dass die Wächter sich normalerweise zu diesen wirklich irrsinnig mächtigen Gefährtinnen hingezogen fühlen. Frauen, die so viel Magie haben, dass sie vor der großen bösen Welt dort draußen beschützt werden müssen", scherzte Cassie und verdrehte die Augen.

Sera biss auf ihre Lippe und kräuselte die Nase.

„Ich weiß nicht, was ich euch erzählen soll. Ich bin adoptiert und meine Eltern wissen, dass ich weder eine Gestaltwandlerin noch eine Hexe, wie sie es jeweils sind, bin. Also…" Sie beendete ihre Erklärung mit einem Anheben ihrer Schultern. „Vielleicht ist das Ganze ja ein Fehler, ein Missverständnis?"

„Ha!", krähte Mere Marie. „Das ist

unwahrscheinlich. Du bist etwas, so viel steht fest. Und Kieran und Kellan sind nicht einfach nur verwirrt. Du bist die passende Gefährtin für sie, das verspreche ich dir. Nicht nur eine Ärztin."

„Wenn du es sagst", entgegnete Sera, deren Magen sich verkrampfte. Sie schob ihren Teller von sich, da sich ihr Appetit plötzlich verflüchtigt hatte.

„Wenn du nichts dagegen hast, Sera, hätte ich gerne, dass du Cassie erlaubst, deine Hand einige Augenblicke zu halten. Vielleicht kann sie etwas über dich in Erfahrung bringen?" Mere Marie zog ihre Augenbrauen hoch.

„Natürlich."

Sera streckte ihre Hand aus und Cassie umschloss ihr Handgelenk. Den Bruchteil einer Sekunde später riss Cassie bereits ihre Hand von Sera weg, das Gesicht verzogen. Der hübsche Rotschopf wandte den Kopf ab, würgte leise und schob sich vom Tisch weg.

„Alles okay mit dir?", fragte Echo

und sprang auf. Alle erhoben sich und kreisten besorgt um Cassie, die weiterhin trocken würgte und sich Tränen aus dem Gesicht wischte.

Sera saß vollkommen reglos da, verständnislos und beschämt zugleich. Was zum Teufel hatte sie getan? Mitten in diese Verwirrung kehrten die Wächter zurück und füllten den Raum mit besorgten und nervösen Männern.

Cassies Gefährte Gabriel, den Sera zuvor im Sloane Krankenhaus kennengelernt hatte, zog sie in seine Arme und tat sein Bestes, um sie zu trösten. Auch die anderen Frauen zog es zu ihren Gefährten. Nach einem Moment realisierte Sera, dass Kieran und Kellan mit düsteren Mienen hinter ihr standen.

„Hat sie eine Prophezeiung gesehen?", fragte Kellan. „Erzähl es uns!"

„Sie braucht Ruhe", blaffte Gabriel zurück.

„Nein, ich... Oh!", brachte Cassie nach einem Augenblick hervor. „Oh,

Gott. Ich… ich sah dich sterben, Sera. Ich sah, wie du in Fetzen gerissen wurdest!"

Sie brach in Tränen aus und Gabriel hob sie ohne ein weiteres Wort in seine Arme und trug sie davon.

„Ich – ", begann Sera, dann wurde ihr bewusst, dass sie gar nicht wusste, was sie sagen sollte. Sie war einfach nur verwirrt, vielleicht sogar etwas taub im Inneren.

„Sera", sagte Kieran, nahm ihre Hand und half ihr auf die Füße. „Das wird nicht passieren. Alles ist in Ordnung."

„Prophezeiungen sind oft symbolisch, nicht wortwörtlich zu verstehen", erklärte Kellan, der ihre andere Hand ergriff.

Sie sah zwischen ihnen hin und her und fühlte sich wie ein Ballon, der gleich platzen würde. Sie war erst kurze Zeit wach und hatte bereits *zu viel*. Und dann waren da noch zwei Männer, die sie besorgt anstarrten, eifriges Begehren im Blick.

„Was ist das, diese Verbindung zwischen uns?", fragte sie, wobei sie sorgsam darauf bedacht war, die Frage an beide zu richten.

Die Zwillinge tauschten einen angespannten Blick aus, dann schüttelten sie die Köpfe.

„Das ist unbegreiflich", entgegnete Kellan. „Wir müssen es einfach… regeln."

Regeln. Eine passendere Wortwahl hatte Sera noch nie gehört. Wie es schien, gab es in ihrem Leben so einiges, das *geregelt* werden musste. Und wenn diese Prophezeiung stimmte, hatte sie vermutlich nicht einmal viel Zeit dafür.

Worin zum Kuckuck war Sera da verwickelt worden?

5

„*D*ieses Spiel ist lächerlich", sagte Kellan seufzend, während er die winzigen Karten in seiner Hand mischte und stapelte, ehe er sie mit dem Bild nach unten auf den Tisch legte. Er rutschte auf seinem Platz herum in dem Bemühen, ein Augenrollen zu unterdrücken. „Hinweis? Es gibt viele Hinweise und wenig Antworten."

Es gab vieles, das Kieran tun würde, um Sera kennenzulernen, aber das hier war ein wirklicher Kampf. Zunächst einmal war Verlieren nichts, in dem er sonderlich gut war, und jetzt hatte er sowohl gegen seinen Zwilling als auch die Frau, für die er schwärmte, verloren. Es war… frustrierend. Fast so frustrierend wie an einem Tisch der Frau gegenüber zu sitzen, nach der er sich mehr als nach allem anderen sehnte, und ein freundliches Gesicht aufzusetzen, während er und Kieran beide bis zum Äußersten gingen, um sie zu beeindrucken.

„Du bist nur wütend, weil du noch nicht gewonnen hast", wandte Kieran ein. „Sera und ich haben beide jeweils ein Spiel gewonnen und du hängst hinterher."

„Du hast so viele Karten", merkte Sera an. „Bei dieser Runde solltest du bessere Chancen haben als wir beide."

„Er war nie jemand, der mit Rätseln viel anfangen konnte, nicht einmal als Kind", sagte Kieran lachend.

„Ich kann alles auseinandernehmen

und wieder zusammensetzen. Ich bin ein fantastischer Schachspieler. Poker ist fast schon gefährlich einfach für mich", verkündete Kellan, der versuchte sich nicht allzu stark in die Defensive drängen zu lassen.

Sera streckte ihre Hand aus und tätschelte seine.

„Es ist ein Spiel für Kinder. Du machst dir zu viele Gedanken", sagte sie, wobei sich ihre vollen rosa Lippen zu einem freundlichen Lächeln nach oben bogen. „Entspann dich einfach und tu so, als hättest du Spaß."

„Hast du dieses Spiel als Kind gespielt?", fragte Kieran, der gnädigerweise das Gespräch von Kellans Versagen lenkte.

„Nein, definitiv nicht", antwortete Sera kopfschüttelnd. „Meine Eltern sind sehr ernste Menschen. Sie sind beide Anwälte und wirklich ehrgeizig und getrieben. Mich haben sie nach den gleichen Grundsätzen erzogen. Kein

Fernsehen, keine Pizzapartys, keine Jungs. Nur Lernen und schulbezogene Aktivitäten."

„Klingt, als hättest du eine ziemlich langweilige Kindheit gehabt", meinte Kellan, dessen Lippen zuckten. „Irgendwie das komplette Gegenteil von Kieran und mir."

„Nun", sagte Sera und legte ihre Karten zur Seite. „Ich stamme aus einer unglaublich armen Familie. Meine biologischen Eltern sind nach Irland ausgewandert und haben mich dann irgendwie... aus den Augen verloren. Oder besser gesagt ausgesetzt, als ich ein Baby war. Dann war ich mehrere Jahre in einem Waisenhaus, das von der katholischen Kirche geführt wurde. Meine Eltern waren eines Jahres in Cork im Urlaub und fragten zufällig eine der Nonnen meines Waisenhauses nach dem Weg. Ihnen zufolge stürmte ich aus der Eingangstür, veranstaltete einen riesigen Radau und rannte direkt gegen ihre Schienbeine. Es dauerte ein Jahr, aber sie brachten mich nach Hause in die Staaten. Nach all dem war eine langweilige Kindheit vielleicht das Beste für mich."

„Das ist eine ziemlich heftige Geschichte", meinte Kellan. „Ich kann verstehen, warum sie dich so behütet aufwachsen lassen wollten. Aus dir scheint jedenfalls trotz allem etwas geworden zu sein."

Er zwinkerte ihr zu, damit sie wusste, dass er sie nur neckte, und wurde mit dem Erröten ihrer Wangen und einem Lachen belohnt.

„Sie waren nicht meine Gefängniswärter oder so etwas", versicherte sie ihnen. „Ich machte Leichtathletik, hatte Freunde. Nur eben… fleißige Freunde. Ich wollte Ärztin werden, seit ich ein Kind war. Also habe ich einfach nur darauf hingearbeitet."

„Wie bist du dann hier gelandet, im Sloane?", fragte Kieran.

„Ursprünglich wollte ich mich auf Kinder spezialisieren", antwortete sie und legte den Kopf nachdenklich zur Seite. „Aber ich hatte während meiner gesamten Assistenzzeit Schwierigkeiten, mich in Menschenkrankenhäusern einzufügen. Also habe ich mich bei Kith Krankenhäusern im ganzen Land beworben, kleinen und großen. Das Sloane bot mir einen Job in der Allgemeinmedizin an, was bedeutet, dass ich von allem etwas machen kann. Das ist gleichermaßen herausfordernd und erfüllend, weshalb ich vorhabe, dort so lange zu bleiben, wie sie es erlauben."

„Das klingt, als hättest du schon alles geplant", erwiderte Kieran. „Ich möchte dich lieber nicht fragen, wie dein fünf Jahres Plan aussieht, weil ich fürchte, dass du mich bei weitem übertreffen wirst."

„So, genug davon, dass ich Fragen beantworte", verkündete Sera und wedelte mit einer Hand vor ihnen auf und ab. „Zuerst werde ich eine Vermutung zu dem Mörder im Spiel anstellen. Dann möchte ich euch beiden eine Weile Fragen stellen. Den Spieß umdrehen."

„Dann vermute mal drauf los", sagte Kellan seufzend.

„Mrs. Plum im Observatorium mit dem Seil", antwortete sie.

„Verdammt!", fluchte Kieran und warf seine Karten auf den Tisch.

„Du hast nicht einmal nachgeschaut, ob ich recht habe!", protestierte Sera.

„Es könnte sein, dass ich vorhin kurz einen Blick auf die Karten geworfen habe", erwiderte Kieran achselzuckend.

„Du... Betrüger!", krähte sie und warf ihre Karten auf ihn.

„Hey, immer langsam mit den jungen Pferden. Das ist alles, was wir können", verteidigte sich Kieran lachend. „Wir sind am Feenhof aufgewachsen, wo es nur Lügen,

Intrigen und mörderische Politik gab. Nur durch Betrügerei haben wir unsere prägenden Jahre überlebt."

Sera verengte die Augen und blickte dann zu Kellan, als würde sie nach Bestätigung fragen.

„Er hat recht", bestätigte Kellan mit einem Schulterzucken. „Der Feenhof war so brutal wie er wild war. Wir hatten Glück, dass uns die Königin nur verbannt hat, anstatt uns beide zu töten."

Kieran schnaubte.

„Nur weil sie dachte, du würdest vielleicht zurückkommen und ihr Gemahl werden", sagte er und rollte mit den Augen.

„Lass uns über etwas anderes reden", schlug Kellan vor.

„Was? Warte, überspring nicht die pikanten Details!", protestierte Sera und boxte Kellan gegen den Unterarm. „Du wolltest kein… was auch immer ein Gemahl im Feenreich ist, sein?"

„Nun, zum einen ist die Königin

unsere Tante. Außerdem hat sie unsere gesamte Familie ermordet, Eltern, Cousins und Cousinen, Onkel und Tanten. Und sie war ziemlich irre."

„Oh", sagte Sera und biss auf ihre Lippe. „Sie… hat eure Eltern umgebracht?"

„Im Schlafzimmer direkt neben unserem", antwortete Kieran, der sich auf seinem Stuhl zurücklehnte und seine Arme verschränkte. „Wir waren verständlicherweise, wie ich denke, wütend und rebellisch als Teenager."

„Und dann hat euch die Königin aus dem Feenreich geworfen?"

„Jep. Kieran war ziemlich gründlich von ihr verprügelt worden. Dann landeten wir beide hier im Reich der Menschen mit nichts außer einer Gehirnerschütterung und den Kleidern, die wir am Leib trugen."

„Wohin seid ihr dann gegangen? Was habt ihr gemacht?", wollte Sera mit großen Augen wissen. Ihr Mitgefühl veranlasste Kellans Herz dazu, sich leicht zusammenzuziehen.

„Das war vor Jahrhunderten. Wir sind überall hingegangen, haben von allem etwas ausprobiert", antwortete Kieran und warf Kellan einen Blick zu. Sie hatten keine schrecklichen Leichen im Keller, aber die Jahrhunderte des Trinkens, Glückspiels und der Frauen waren nicht unbedingt etwas, über das einer von den Zwillingen mit Sera reden wollte. Kellan zog lediglich eine Braue hoch, weil er wusste, dass sein Bruder diese Geste als einen Ausdruck des Verstehens und der Zustimmung werten würde.

„Also, über welche Art von Magie verfügt ihr beiden? Ich habe noch nie mit Elfen gearbeitet", sagte Sera.

„Feen", korrigierte Kellan sie. „Und wir besitzen unterschiedlich geartete Magie. Wir können Feenglanz benutzen…"

Er beschwor ein wenig Feenglanz herauf, ein wenig Magie, die sein

Erscheinungsbild veränderte, und nahm für einen kurzen Augenblick die exakte Gestalt von Mere Marie an bis hin zu ihren wilden weißen Haaren und der milchkaffeefarbenen Haut.

„Oh!", quietschte Sera. „Das ist wundervoll."

„Diese Täuschung können wir nicht lange aufrechterhalten. Wir *können* uns allerdings in Tiere verwandeln und fast unendlich lange in dieser Gestalt verharren", erklärte Kieran. „Bären, Wölfe, Raubkatzen. Hauptsächlich Raubtiere."

„Faszinierend", sagte Sera.

„Und dann gibt es noch die Elementarmagie", erzählte Kellan. Er griff auf seine Magie zu und streckte seine Hand mit der Handfläche nach oben aus.

Zarte grüne Schlieren von Magie erblühten und rankten sich nach oben, verdrehten sich und kletterten wie Ranken in die Höhe, bis sie eine kleine grüne Pflanze formten. Nach einem

Moment erschien an der Spitze eine filigrane lila Knospe, die sich vor Seras begeisterten Augen zu einer Blüte öffnete.

„Hier", sagte Kellan, der die Blüte von seiner Handfläche pflückte. Er beugte sich zu Sera und steckte sie ihr hinter das Ohr. Sie errötete, als seine Finger die empfindliche Haut an ihrem Hals streiften.

„Fantastisch", hauchte sie.

„Meine Magie ist ein wenig… anders", erklärte Kieran, womit er den Moment unterbrach und Kellans wütendsten Blick kassierte. Kellan konnte sehen, wie sich sein Zwilling bemühte, sich etwas Nettes zu überlegen, um seine dunklen Kräfte in einem besseren Licht darzustellen. Dann grinste Kieran, spreizte seine Hände weit und sah nach oben.

Schneeflocken begannen auf sie herabzufallen und sie mit einer sanften Schicht weichen weißen Puders zu bedecken.

„Heilige Scheiße!", rief Sera, deren Hand nach oben schnellte, um sich über ihren Mund zu legen. „Das ist so cool!"

Kellan verdrehte die Augen, aber Kieran hatte seine Magie meisterhaft eingesetzt.

„Der Lichtprinz und der Dunkelprinz zu deinen Diensten", sagte er.

„So haben sie euch genannt?", fragte sie und zog die Augenbrauen zusammen. Sie erschauderte und Kieran machte eine Geste, die den Schneefall stoppte.

„Das ist, was wir sind", erwiderte Kieran schlicht und beugte sich zu ihr, um ihr den Schnee von den Schultern und Haaren zu streichen. „Kellan, wärm sie auf."

Kellan streckte seine Hand aus und berührte kurz ihr Handgelenk, wodurch er Wärme durch ihren Körper schickte. Sie schenkte ihm ein dankbares Grinsen.

„Nun, dieser Abend war äußerst erhellend", stellte sie fest.

Kellan fragte sich, was sie damit meinte. Konnte sie jetzt die Gray Brüder besser verstehen, um vielleicht zu entscheiden, wen von ihnen sie mehr wollte?

Sera gähnte und erhob sich vom Tisch.

„Würde es euch zwei stören, das Spiel aufzuräumen? Ich bin ein bisschen müde und ihr habt mir eine Menge zu denken gegeben", sagte sie, während sie sich streckte.

„Natürlich nicht", antwortete Kellan. Kierans Miene hatte sich verdüstert, aber Kellan nahm an, dass sein Zwilling bloß ungeduldig und begierig war, genauso wie sich Kellan fühlte.

„Dann gute Nacht."

Sera lief die Treppe hoch zu ihrem Bett und ließ Kellan und Kieran allein.

„Die Ungewissheit bringt mich um", sagte Kieran. „Sie will mir nicht einmal den kleinsten Hinweis geben, zu wem von uns sie sich stärker hingezogen fühlt. Ich werde noch verrückt werden."

„Du und ich, wir beide", entgegnete Kellan, während er Seras schwindenden Rücken beobachtete.

Sera war ein Rätsel für sich.

6

Serafina stand am Heck des majestätischen Schiffs, der General Goddard, und beobachtete, wie die Küste ihres Heimatlandes Indien langsam ihrer Sicht entschwand. Hinter ihr ging es auf dem Schiff sehr hektisch zu, da an die fünfzig Mann überall auf der Takelage und dem Deck herumwuselten und alles bereit machten für die bevorstehende acht monatige Seefahrt.

Der salzige Wind peitschte ihren fest geflochtenen Zopf hin und her und riss an den zahlreichen Schichten ihrer

Kleider. Sera presste beide Hände auf ihren Bauch und zeichnete mit den Fingern die steifen Streben ihres Korsetts nach. Sie gewöhnte sich nur allmählich an die britische Mode, die so anders war als die bequemen, bunten Saris, die sie ihr ganzes Leben getragen hatte.

Sie fühlte sich in ihren neuen Gewändern eingeengt und eingesperrt, aber es war für einen guten Zweck. Sie würde immerhin eine britische Lady sein, mit einem hübschen Haus in London und all den Annehmlichkeiten, die damit einhergingen. Kleine Unannehmlichkeiten konnte sie ertragen, um sich in ihr neues Leben einzufügen.

All das lag vor ihr, genauso wie ihr Heimatland hinter ihr lag.

Sera legte den Kopf in den Nacken und atmete tief ein. Sie konnte nicht nur die Meeresluft riechen, sondern auch den Tee und die Gewürze, die in Fässern im Bauch des Schiffes untergebracht worden waren. Die Aromen der Waren, die ihr frisch angetrauter Ehemann mit nach Britannien nehmen würde, um seine Verträge als Kapitän in der ehrenhaften Ostindien-Kompanie zu erfüllen.

„Sera."

Sie drehte sich um und stellte fest, dass er hinter ihr stand und den Titel des Kapitäns Thomas Foxall in seiner gestärkten und formellen Marineuniform voll und ganz verkörperte. Groß, dunkel und gut aussehend war er alles, was sie sich jemals von einem zukünftigen Ehemann erträumt hatte. Dass seine Haut blass war, störte sie nicht, genauso wenig wie die Tatsache, dass er darauf bestand, dass Sera mit ihm zurück nach London ging.

Sie würde überall hingehen, um bei ihrem geliebten Thomas zu sein.

„Darling", sagte sie lächelnd. Sie bemühte sich konzentriert darum, ihren Akzent zu unterdrücken, indem sie Thomas' wohlklingende englische Töne so gut sie konnte nachahmte.

„Du wirst immer besser", sagte er mit funkelnden Augen. „Wenn wir den Kontinent erreichen, wirst du bereits eine richtige Lady sein, würde ich meinen."

„Ich dachte, du magst mich, weil ich eine wilde Heidin bin", neckte sie ihn und streckte ihre Hand aus, um seine zu ergreifen. Sie wollte ihn küssen, aber sie wusste, dass es ihm nicht gefallen würde, wenn sie vor seinen Männern eine solche Szene veranstaltete.

Schrecklich konservativ, ihr Thomas.

„Ist alles bereit für unsere Ankunft in London?", fragte sie und drehte sich wieder, um das dunkle, wogende Wasser zu beobachten, das das Boot zu allen Seiten umgab.

„Mein Brief, der unsere Heirat verkündet, sollte noch diesen Monat ankommen", antwortete er mit einem sanften Lächeln, da er die Antwort kannte, nach der es ihr verlangte. „Ich habe sie darüber in Kenntnis gesetzt, mit einer Fremden zu rechnen."

Sera hob ihre Hand, um eine Locke ihres dunklen Haares, die in ihre Stirn gefallen war, nach hinten zu streichen, und grinste dann.

„Perfekt."

Thomas öffnete den Mund, um noch etwas zu sagen, doch genau in dem Moment wurden sie von den Schreien eines Dutzend Besatzungsmitglieder unterbrochen. Sera konnte nicht ausmachen, was sie schrien, aber Thomas' gesamter Körper versteifte sich.

„Geh unter Deck", zischte er, zog Sera von der Brüstung weg und schob sie in Richtung des Eingangs zur Kapitänskajüte. „Komm nicht raus, bis ich dich hole."

„Was ist los?", fragte Sera, während er zum Zentralmast des Schiffs eilte.

Sie hatte keinen Bedarf nach Antworten mehr, denn in diesem

Augenblick durchschnitt ein fürchterliches Krachen die Luft und das ganze Schiff schwankte gefährlich, wodurch Sera den Halt verlor. Sie griff mit beiden Händen nach der Reling, zitterte.

Thomas stoppte nicht, sondern rannte zu dem Mast und schnappte sich eine der wenigen Schwimmwesten des Schiffs. Obgleich der donnernde Lärm des Zerberstens und Zersplitterns des Unterwasserschiffes die Luft füllte, kehrte er zu Sera zurück und zog ihr die Weste über den Kopf, ehe er sie festzurrte.

„Falls wir untergehen… suche dir ein Holzstück, das groß genug ist, um dich zu tragen. Ich werde dich finden, Liebes", wies er sie an, seine Miene todernst.

„Thomas, warte!", schrie sie, als er Anstalten machte, sich wieder abzuwenden.

Er hielt inne, griff in seinen Mantel und drehte sich zurück zu ihr. Er packte sie um die Taille und küsste sie, hart und verzweifelt. Als er erneut zurücktrat, fühlte Sera das kalte Gewicht von Metall in ihrer Hand.

„Eine Pistole?", fragte sie verwirrt.

„Benutze sie nur, wenn niemand sonst mehr am Leben ist", befahl er. „Falls das Schiff zerbricht, möchte ich, dass du ins Wasser springst und so weit schwimmst wie du kannst. Ansonsten wird das sinkende Schiff dich nach unten ziehen. Hast du verstanden?"

Sera konnte nur nicken.

Zufrieden mit dieser Reaktion, wirbelte er herum und rannte zum Schiffsbug. Sera steckte die Pistole unter ihre Schwimmweste, dann klammerte sie sich abermals an die Reling. Der große, hohe Mast, der die Segel des Schiffes hielt, schwankte und neigte sich vom restlichen Schiff weg, wodurch er einen riesigen Spalt mitten in das Schiff riss.

Sera zitterte. Sie wusste, dass sie Thomas' Anweisungen befolgen musste, dass sie springen und so weit schwimmen musste wie sie konnte, wenngleich das eisige, schwarze Wasser des Ozeans keine sehr viel größere Überlebenschance bot.

Sie würde ihn nicht enttäuschen. Sie würde nie ihren Ehemann enttäuschen, niemals.

Mit zitternden Händen zog sich Sera über die Reling und starrte hinab in die tintenschwarzen Tiefen des Wassers unter sich. Sie holte tief Luft und schloss ihre Augen, schickte ein kurzes Gebet gen Himmel.

Ganz egal, was passiert, bitte lass mich bei meinem Thomas bleiben.

Sera wappnete sich, würgte ein Schluchzen hinunter, das ihren Körper zu schütteln drohte, und sprang.

Dann fiel, fiel, fiel sie…

Sera holte erstickt Luft und strampelte in ihrer verknoteten

Bettwäsche. War sie ertrunken? War ihr Körper zerschellt, als sie auf dem Wasser aufgeschlagen war?

Aber nein, nein. Sie war in Sicherheit und lag in einem warmen Bett. Es dauerte mehrere Momente, bis sie wieder wusste, wo sie war, doch irgendwann gelang es ihr. Sie war bei den Wächtern. Sie war im Herrenhaus. Sie war sie selbst, nicht die exotische Ehefrau irgendeines Schiffskapitäns.

Nachdem sie die schweißnasse Decke von ihrem Körper geschleudert hatte, presste sie eine Hand auf ihr hämmerndes Herz.

Es war nur... es war so *echt* gewesen. So fühlte sie sich manchmal, wenn sie aus Träumen über ihr Leben im alten Indien aufwachte oder ihrem Leben als Hausfrau im New York der Sechziger. Die Träume waren immer so detailliert, so akkurat... es war unheimlich.

Aber es waren nur Träume, oder? Die Tatsache, dass sie geradezu vor

Kith-Magie stanken, war sicherlich nur ein Produkt ihrer Fantasie. Oder nicht?

Zurück in die Kissen fallend, schloss Sera die Augen und versuchte, ihren wilden Herzschlag zu beruhigen.

Es ist nichts, schlaf weiter, schalt sie sich selbst.

Nur fühlte es sich nicht nach nichts an…

7

Kieran war noch nie in seinem langen, langen Leben in solcher Not gewesen.

Gerade jetzt starrte er aus den Fenstern des Wohnzimmers im Erdgeschoss auf Sera, die im Garten stand und sich mit Cassie unterhielt. Er musterte sie von oben bis unten, von Kopf bis Fuß, und bewunderte jede einzelne wundervolle Kurve. Sie trug diese großartigen Jeans, die absolut *unfair* waren, und ein hauchdünnes weißes Oberteil, das die dunkle

Spitzenunterwäsche, die sie darunter anhatte, nur leicht erahnen ließ.

„Du sabberst", sagte Kellan, der sich neben ihn stellte.

„Und du etwa nicht?", erwiderte Kieran, ohne seine Augen von Sera abzuwenden.

Sie lachte über etwas, das Cassie gesagt hatte, und warf ihre langen, dunklen schokoladefarbigen Haare nach hinten. Sie blickte zu Kieran und Kellan, noch einmal und dann erneut. Selbst aus dieser Entfernung war ihr Erröten offenkundig. Kieran konnte ihre Erregung beinahe jedes Mal riechen, wenn er in ihrer Nähe war. Gänsehaut auf ihrer Haut, das Erröten ihrer Wangen, die Art, wie sie auf ihre Lippe biss und sein Starren etwas zu lange erwiderte…

In jeder anderen Situation wäre sie schon vor einer Woche in Kierans Bett gelandet und zwar noch gleich in der Nacht, in der sie sich begegnet waren.

Stattdessen beobachtete er sie aus

der Ferne und versuchte, herauszufinden, wie zum Teufel er diese Situation geradebiegen könnte. So sehr er Sera auch den Kopf verdrehen und sie befriedigen wollte, bis sie um Atem rang, gab es immer noch Kellan, mit dem er sich messen musste. Die ganze Woche, bei jedem kleinen Sieg, den Kieran errungen hatte, war Kellan direkt neben ihm gewesen, Kopf an Kopf.

In Wahrheit umwarben sie Sera jedoch auf gewisse Weise, trotz ihres steten Konkurrenzkampfes. Sie bemühten sich, mehr über sie, ihre Familie, ihre Träume und Hoffnungen für die Zukunft zu erfahren. Darüber, welche Farben sie mochte, was sie gerne aß, bei welchen Mardi Gras Paraden sie immer zugeschaut und welche sie ausgelassen hatte, weil sie zu wild oder überlaufen waren.

Je mehr Kieran herausfand, desto faszinierter war er von ihr. Abgesehen davon, dass sie hübsch und eine junge

Ärztin war, hatte Sera auch jede Menge Interessen. Sie liebte Kinder und arbeitete freiwillig in einer Kinderimpfklinik, die sich der benachteiligten Gemeinschaft New Orleans widmete. An schönen Tagen spazierte sie gerne durch den Stadtpark und fütterte die fetten Enten, die dort auf den sich windenden kleinen Bayous und Bächen dümpelten. Sie joggte, wenn sie gestresst war, oder schaute manchmal sehr, sehr viel Fernsehen. *Netflix* und *Gray's Anatomy* waren dank Sera neue Worte in Kierans Wortschatz, auch wenn er keines von beidem bisher so richtig verstanden hatte.

Er und Kellan würden auf Zack bleiben müssen, wenn sie mit der schnell denkenden Sera und ihrem offenen Lächeln mithalten wollten.

Um sie beide besser kennenzulernen, hatte Sera einige Aktivitäten vorgeschlagen. Spaziergänge im Park, ein Besuch im Backstreet Cultural Museum, um mehr über *Mardi Gras Indians* zu erfahren, Essen in einer breitgefächerten Auswahl von Restaurants. Jeden Schritt des Weges schienen Kieran und Kellan im Gleichschritt zu gehen, Sera zwischen ihnen eingekeilt.

Am vergangenen Abend waren sie gemeinsam über den Graumarkt geschlendert, wobei jeder der Brüder Sera mit kleinen Geschenken und Blumen überhäuft hatte, bis sie wegen der Kosten protestiert hatte. Kieran hatte hauptsächlich beabsichtigt, Sera verschiedenen Leuten vorzustellen, die den Wächtern auf unterschiedliche Weise halfen. Sie schien nur begrenzte Kith Verbindungen zu haben, weshalb er das natürlich ändern wollte. Er würde ihr Leben auf jede einzelne Weise perfekt machen, wo er konnte.

Doch die Probleme begannen bereits bei der Vorstellung. Jeder, den sie trafen, sah zwischen den dreien hin und her, wobei sich die Augen leicht weiteten, und brachte dann die

Vorstellung so schnell wie möglich hinter sich, ohne Fragen zur Situation zu stellen. Sera hatte peinlich berührt und niedergeschlagen gewirkt, was Kieran unendlich frustriert hatte.

„Das Problem ist, dass sie nicht nur hübsch ist", meinte Kellan jetzt geistesabwesend und neigte den Kopf leicht zur Seite, während er sie beobachtete. „Die Frau ist klug und nett und witzig. Gottverdammt."

Kieran grunzte, aber stimmte ihm zu. Serafina Khouri war umwerfend und charmant auf einer Vielzahl an Ebenen und es erwies sich als außergewöhnlich schwer, sich in ihrer Gegenwart am Riemen zu reißen. Kellan nicht die Zähne auszuschlagen, war ebenfalls ein fortwährender Kampf, vor allem wenn er seinen Bruder dabei ertappte, wie er Sera mit einem geradezu expliziten Gesichtsausdruck anstarrte.

„Es ist witzig, weißt du. Unser ganzes Leben hatten wir nur einander.

Und jetzt... stehen wir jeweils dem Glück des anderen im Weg. Wenn du nicht existieren würdest oder ich nicht existieren würde... Glückliche Gefährtenschaft, wachsende Familie. Keine der Lügen oder Dramen unseres Lebens beim Lichthof. Es wäre...", er hielt inne auf der Suche nach dem richtigen Wort.

„Idyllisch", beendete Kellan den Satz für ihn.

Kieran zog eine Braue hoch.

„Ich kann es nicht ausstehen, wenn du meine Sätze beendest", informierte er seinen Bruder.

Kellan schnaubte belustigt, drehte sich jedoch einfach nur um, um Sera erneut anzustarren.

„Irgendetwas muss sich ändern", sagte Kellan nach einer Minute. „Ich ertrage das nicht mehr. Und Sera wirkt wie erstarrt, verängstigt. Sie mag sich zu uns beiden hingezogen fühlen, aber wenn es so weitergeht, kann sie nie nah genug an einen von uns herankommen, um ihn zu lieben."

„Liebe", wiederholte Kieran geistesabwesend. „Das ist die Krux, schätze ich."

„Jedes Mal, wenn einer von uns den anderen anfaucht oder angiftet, stirbt ein kleiner Teil in ihr, glaube ich."

„Und deine Lösung ist… was?", fragte Kieran zweifelnd.

„Dass wir unsere Streitigkeiten vorübergehend auf Eis legen. Erlauben wir ihr, sich für einen von uns zu entscheiden aufgrund unseres wahren Selbst, nicht weil einer von uns den anderen effektiver fertigmacht."

Kieran runzelte nachdenklich die Stirn. Er konnte den Überlegungen seines Bruders folgen, aber dennoch spukten ihm noch einige Fragen durch den Kopf. Wie unterschiedlich waren sie wirklich, wenn es nur um ihr wahres Selbst ging? Zwei Hälften eines Ganzen, was sie von ihrem ersten Atemzug an gewusst hatten. Wenn sie selbst kaum

Unterschiede zwischen sich ausmachen konnten, wie konnten sie dann von Sera erwarten, solch eine Wahl zu treffen?

Dennoch wäre es für Sera das Beste, wenn sie ihren Streit vorübergehend beilegen würden. Ein bisschen Charme und Spaß, um die Anspannungen der letzten Woche auszugleichen… ja, etwas Dampf abzulassen, war wahrscheinlich genau das Richtige.

„Besiegeln wir es mit einem Handschlag?", fragte er und streckte seine Hand aus.

Kellan schüttelte sie, ein belustigtes Glitzern in den grünen Augen. Keiner von beiden erlag der Versuchung, die Hand des anderen zu quetschen, bis es schmerzte, und Kieran war kurzzeitig stolz auf sie beide.

„Wie wäre es, wenn wir im *Cure* etwas trinken gehen?", schlug er vor.

„Du hast meine Gedanken gelesen", erwiderte Kellan. „Das wird ihr gefallen."

Kieran nickte und wunderte sich über die langsame Veränderung in seinem Zwilling und ihm selbst. *Das wird ihr gefallen* war bisher nie ein Grund gewesen, aus dem einer von ihnen etwas getan hatte, jemals. Er atmete geräuschvoll aus.

„Möchtest du zu ihr gehen und ihr Bescheid sagen, hm?", bot er an.

Kellan zögerte nicht, sondern grinste Kieran nur rasch an und eilte dann zu Sera.

Wenn schon sonst nichts, so würde sich dieser Abend mit Sicherheit als interessant erweisen. Konnten Kieran und Kellan ihre Rivalität und Eifersucht für einen einzigen Abend in Zaum halten?

Man könnte es ein Experiment nennen.

8

„Kannst du mir einen Gefallen tun?", bat Kieran Sera, wobei er sich nah zu ihr beugte, damit seine Worte zwischen ihnen blieben.

Die Bar, die sie ausgesucht hatten, war ein hipper Laden in einer der vornehmeren Gegenden mit dunklen Wänden, glänzenden Flaschen und herausgeputzten, jungen Besuchern. Heute Abend platzte der Laden förmlich aus allen Nähten. Als Sera erwähnt hatte, dass sie gerne einen Platz zum Sitzen hätte, waren die

Brüder gezwungen gewesen, eine ganze Schar Kerle in den Zwanzigern und in Hemden einzuschüchtern, um diesen winzigen Ecktisch zu ergattern. Sie hatte ihren Willen bekommen, war jetzt dicht zwischen Kieran und Kellan gedrängt und nippte an ihrem elegant aussehenden Champagner.

„Welcher wäre das?", fragte Sera, deren rotgefärbte Lippen sich zu einem Lächeln verzogen.

„Trage immer nur dieses Kleid", schlug er vor und griff mit der Hand nach unten, um an dem schenkellangen Saum zu zupfen. Das weiße Seidencocktailkleid bot einen wundervollen Kontrast zu ihrer Haut und brachte ihre fantastischen Beine und Dekolleté umwerfend zur Geltung. „Oder... nun, gar nichts zu tragen wäre auch akzeptabel."

Er zwinkerte ihr zu und musste sich ein Lachen verkneifen. Er konnte Kellans Augenrollen fast hören. Kellan hatte sich heute Abend bereits gut geschlagen, indem er Sera in ein Gespräch über Bücher und klassische Filme verwickelt hatte. Kieran flirtete mit ihr und redete mit ihr über Bands, die sie beide mochten.

Dann waren da noch die Cocktails… mit jedem Drink schienen die Grenzen zwischen Kieran und Kellan und sogar Sera ein wenig mehr zu verschwimmen. Es fühlte sich… entspannend an? Befriedigend? Was auch immer es war, Kieran würde es nicht mit Fragen zerstören.

Mit dem Voranschreiten des Abends und dem zunehmend lockerer fließendem Champagner und Whisky schienen auch die Lichter der Bar immer weiter gedimmt zu werden, bis sich ihre Tischnische mehr als gemütlich anzufühlen begann. Fast schon privat. Kieran konnte sehen, dass Kellans Hand auf Seras Knie ruhte, genauso wie Kieran seinen Arm um ihre Schulter gelegt hatte. Intim, gewagt.

Sera erläuterte gerade ein Problem, das sie auf der Arbeit hatte, ein Kollege, der sie ungeniert sexuell belästigt und dann ihre Ablehnung nicht gut aufgenommen hatte.

„Er ist einfach… es ist beinahe so, als wäre er von all den Krankenschwestern einer Gehirnwäsche unterzogen worden, nur weil er gut aussieht", sagte Sera, trank die letzten Tropfen aus ihrem Champagnerglas und schnitt eine Grimasse. „Es ist so frustrierend. Tut mir leid, dass ich mich über meinen Job beschwere, aber es macht mich verrückt."

„Möchtest du, dass wir ihn umbringen?", erkundigte sich Kieran, was er nur halb scherzhaft meinte.

Sera stutze und tupfte mit einer Serviette über ihre Lippen, während sie die Augen aufriss.

„Ich glaube nicht, dass das nötig sein wird", antwortete sie, aber seine Anmerkung hatte ihr Ziel erreicht.

„Es hat dich aber zum Lächeln

gebracht, über seinen Tod nachzudenken", merkte Kieran belustigt an.

„Ich habe über dein Angebot gelacht, nicht seinen Tod!", protestierte Sera. „Das ist furchtbar."

Sie verzog das Gesicht, als wäre sie selbst nicht ganz überzeugt von ihren Worten. Kieran und Kellan lachten beide und Kieran bedeutete der Kellnerin, ihnen eine weitere Runde zu bringen, während sie sich alle mit einem kollektiven Seufzen zurück auf die Sitzbank sinken ließen.

„Kann ich euch beiden eine Frage stellen?", wollte Sera wissen, die an ihrer Unterlippe knabberte.

„Selbstverständlich", antwortete Kellan. Kieran verschränkte bloß die Arme und wartete.

„Warum hat keiner von euch beiden eine Gefährtin?", fragte sie und schaute vom einen zum anderen.

Diese Bemerkung ließ sie beide kurz stocken, ihr Grinsen verblasste.

„Das ist kompliziert", sagte Kellan. „Mit dem Schicksalsgefährten Zeug. Außerdem reisen wir beide so viel, dass es nicht so ist, als wäre einer von uns auf der Suche…"

Er verstummte, vielleicht weil er realisierte, dass seine Erklärung nicht zu einem besonders unbeschwerten Thema führen würde.

„Also glaubst du an diese Schicksalsgefährten Sache", stellte Sera fest und nickte nachdenklich mit dem Kopf. „Was ist mit dir, Kieran?"

Kieran sog scharf die Luft ein und stieß sie langsam aus, während er über eine Antwort nachdachte.

„Ich glaube auch daran. Oder besser gesagt, ich glaube jetzt erst richtig daran, seit ich dich kennengelernt habe. Davor habe ich es eher als Vorwand benutzt, um Frauen nicht zu nah zu kommen", gestand er mit einem Achselzucken. „Sehr viele Single Kith sind notorisch promiskuitiv… Eine unbekannte zukünftige Gefährtin als

Ausrede zu benutzen, ist eine gute Methode das zu rechtfertigen."

Sera zog eine Braue hoch.

„Wie ehrlich von dir", sagte sie in lockerem Tonfall. Ohne den Sarkasmus oder Urteil, die er von einer weniger reifen Frau erwartet hätte. Sera mangelte es, trotz ihrer Jugend, an dem Anspruchsdenken und der Härte, die Kieran bei einigen der anderen Kith vorgefunden hatte. Das war sogar noch beeindruckender, wenn man bedachte, dass sie ehrgeizig und getrieben sein musste, um ihren Doktor zu machen. Dennoch hatte sie nichts von ihrem Mitgefühl oder Freundlichkeit eingebüßt.

Kieran konnte einfach nicht anders, als Sera ihn musterte und diese Liebenswürdigkeit in ihren Augen schimmerte. Er beugte sich nach unten und strich mit seinen Lippen über ihre, hauchzart. Ihr leises Einatmen zeigte, dass sie überrascht war, und als er mit seinem Daumen über ihr Handgelenk streichelte, konnte er ihren Herzschlag trommeln spüren wie die Pfoten eines Hasen.

Farbe schoss in ihre Wangen und sie wich zurück, blickte zu Kellan. Einen Augenblick verkrampfte sich Kierans Herz schmerzhaft, als er das rohe Verlangen in ihren Augen sah, den Hunger und das Begehren nach seinem Zwilling.

Dann sprach Sera und erschütterte seine ganze Welt.

„Was wenn… was wenn ich euch beide will?", fragte sie. Ihre Stimme war so leise, dass Kieran sie über den hämmernden Beat der Musik kaum hören konnte. Sie zog den Kopf leicht ein, als würde sie sich für ihr Verlangen schämen.

Kellan blickte für den Bruchteil einer Sekunde zu Kieran, ein Blick, in dem hunderte winziger Gedanken lagen. Kieran nickte nur, weil er wusste, was Kellan dachte.

Sera wäre nicht die erste Frau, die

sie sich auf diese Weise teilten, zur gleichen Zeit...

Kieran zog Sera auf seinen Schoß, obgleich sich Kellan nach vorne beugte, sie tief küsste und seine Finger in ihren Haaren vergrub. Sera versteifte sich ganz kurz auf Kierans Schoß, dann ergab sie sich mit einem Stöhnen. Kieran zog ihre Haare nach hinten und liebkoste ihr Ohrläppchen mit seinen Lippen. Er gluckste, als eine ihrer Hände sein Knie umklammerte und sich ihre Nägel durch die Jeans in seine Haut bohrten.

Ja, die süße kleine Sera war bereits ziemlich perfekt. Als wäre sie gemacht für das, gemacht für sie beide.

Wenn das doch nur möglich wäre...

Ein Knoten aus Anspannung formte sich in Kierans Brust, doch er kämpfte die Empfindung nieder. Er berührte Sera und schmeckte die salzig süße Haut ihres Halses, während er sie küsste und an ihr knabberte, womit er ihren Lippen leise Seufzer entlockte.

Ihr knackiger Po presste sich in seinen Schoß und reizte seinen bereits harten Schwanz. Seine Hand wanderte nach oben, um ihre volle Brust durch ihr Oberteil und BH zu umfassen. Sämtliche Sorgen waren vergessen.

Als seine geschickten Finger ihren Nippel fanden und ihn leicht zwickten, unterbrach Sera den Kuss mit Kellan und warf ihren Kopf mit einem leisen Schrei nach hinten. Kieran blickte zu Kellan und zog eine Braue hoch. Nun widmete sich sein Zwilling ihren Brüsten, küsste die obere Wölbung der zwei cremefarbenen Hügel, die aus dem engen Ausschnitt ihres Kleides gehoben wurden.

Während Kellan erneut ihre Lippen mit einem leidenschaftlichen Kuss verschloss, positionierte Kieran das Tischtuch so, dass sie vollständig vor den Blicken zufälliger Zuschauer verborgen war. Anschließend machte er sich daran, den Saum ihres Kleides ihre nackten Schenkel hoch, hoch und höher zu schieben. Sie verspannte sich leicht, als er seine Finger ihren Innenschenkel hochgleiten ließ, suchend tastete und den seidigen Zwickel ihres Höschens zur Seite schob. Er glitt mit zwei Fingern über ihre Spalte, fand und umkreiste ihren Kitzler und sie ließ ein zittriges Stöhnen verlauten.

„Denk daran, was wir mit dir tun würden, wenn wir uns jetzt in der Privatsphäre eines Schlafzimmers befänden", raunte Kieran ihr ins Ohr. Sie erschauderte an seiner Brust und ihre Hände hoben sich, um sich in dem feinen, silbrigen Haar in Kellans Nacken zu vergraben. „Du bist so heiß, so empfindsam. Was würdest du fühlen, wenn ich meine Lippen hierhin drücken würde?"

Er zwickte ihre Klit sanft und sie zitterte, bog ihren Rücken durch und stieß ihre Brüste fester in Kellans Hände, während sie zugleich ihr Becken leicht auf Kierans Hand rotieren ließ. All ihre Hemmungen hatten sie verlassen. Sie war wild und voller Verlangen. Ihre Erregung steckte Kieran in Brand, denn er wusste, dass sie sich gerade genauso danach verzehrte wie er.

„Würde es dir gefallen, wenn einer von uns in dir wäre, während der andere an deinen Nippeln saugt? Was, wenn einer von uns dich hier nimmt", sagte er und schob seine Finger tiefer, um ihren feuchten Eingang zu necken, „und der andere nimmt deinen Mund? Würde dir das gefallen, süße Sera? Ich denke, das würde es."

In dem Moment, in dem seine Fingerspitzen abermals ihre Klit berührten, explodierte Sera. Ihr ganzer Körper bebte. Kellan schluckte ihre Schreie und küsste sie leidenschaftlich. Kieran massierte einen Moment ihre Schenkel, ehe er ihre Kleider wieder richtete. Sera löste den Kuss mit Kellan, drehte sich um und küsste Kieran. Ihre Zungen trafen aufeinander, wodurch Kieran eine kleine Kostprobe ihres süßen Geschmacks erhaschte, während Kellan mit seinen Händen ihre Arme hoch und runter streichelte, beruhigte und tröstete, ihr mitteilte, dass sie gut umsorgt wurde.

Sie wich zurück und lehnte sich an sie beide, während sie ihre zerzausten Haare aus dem Gesicht strich.

„Würde es so sein? Wir drei zusammen auf diese Weise?", fragte sie, nach wie vor leicht atemlos.

„Was meinst du, Darling?", fragte Kellan und drückte einen Kuss auf ihren Kopf.

„Wenn wir dazu bestimmt sind, Gefährten zu sein, wir drei. Würde es dann so sein?"

Kierans Herz stoppte, seine Muskeln erstarrten. Sein Blick schnellte zu Kellan und er wusste, dass sein Zwilling das Gleiche dachte.

Wir drei? Sie teilen, für immer?

Und dann: *fuck, nein.*

„Nein", erklärte Kellan ihr mit täuschend sanfter Stimme. Kieran konnte beinahe die Wut spüren, die sein Bruder ausstrahlte, aber Seras Augen schlossen sich einen Augenblick und sie schien es nicht zu bemerken. „Du wirst dich entscheiden müssen, Sera."

Ihre Augen öffneten sich so plötzlich wie eine zuschlagende Autotür.

„Was, wenn ich das nicht möchte?", fragte sie und ihre Stirn legte sich in Falten.

Kellans Gesicht nahm mörderische Züge an. Er nahm das Glas mit den Resten seines Whiskys und stürzte ihn seinen Rachen hinunter. Als das Glas leer war, donnerte er es auf den Tisch.

„Wir wollen alle Dinge, die wir nicht haben können, Darling", sagte Kellan. Er stand auf, zog seine Brieftasche und warf eine Handvoll Scheine auf den Tisch. Eine lächerliche Geste, da Kieran an der Bar eine Rechnung hatte führen lassen. „Ich muss auf Patrouille gehen. Wir sehen uns im Herrenhaus."

Kellan beugte sich nach unten und

drückte seine Lippen kurz auf Seras, wobei sein Blick Kierans kreuzte. Er war *außer sich* vor Wut. Einen Wimpernschlag später war er fort, in die Nacht entschwunden.

„Ich verstehe es nicht", sagte Sera mit wehleidiger Stimme.

Kieran verstand es. Nur allzu gut, doch er besaß keine hübschen Worte, die er ihr hätte sagen können.

„Lass uns nach Hause gehen", schlug er vor und nahm ihre Hand. Denn was gab es sonst zu sagen? Letzten Endes lief es darauf hinaus, dass Fakten nun einmal Fakten waren.

Sera würde sich entscheiden müssen.

9

Sera saß in einem dick gepolsterten Sessel in ihrem Schlafzimmer, wie Kieran und Kellan nicht müde wurden, den Raum zu nennen. Die Knie bis zum Kinn hochgezogen, starrte sie aus dem großen Erkerfenster. Die Nachmittagssonne schien herein und wärmte ihre Haut, aber sie sehnte sich danach, draußen zu sein. Ihr Geist und Körper waren beide ruhelos und sie wusste genau, wem sie dafür die Schuld zu geben hatte.

Kieran und Kellan waren in ihr

Leben geschneit und eine Woche durchgehend um sie herumscharwenzelt, hatten ihr unsinnig viel Aufmerksamkeit geschenkt, als wäre sie die allerwichtigste Person im ganzen Universum. Dann war da noch der gestrige Abend...

Ihre Wangen brannten, wenn sie nur daran dachte. Direkt dort in der Bar, auch wenn sie glaubte, dass niemand es gesehen hatte... Wie beide sie berührt, sie geneckt, sie geschmeckt hatten... Gänsehaut breitete sich auf ihrer Haut aus, nur weil sie daran dachte, welche Gefühle Kieran und Kellan in ihr geweckt hatten, zu welchen Taten sie sie verleitet hatten...

Und dann hatte Kellan das Handtuch geworfen und ihr gesagt, sie müsste sich entscheiden. Zwischen zwei Männern, die sie bezauberten und begeisterten, die ihr Herz schneller schlagen ließen, die sie in Brand steckten?

Ein Seufzen ausstoßend, erhob sie sich und begann in ihre Joggingkleider zu schlüpfen. Nach einer Woche im Herrenhaus war das prächtige, aber unpersönliche Gästezimmer erdrückend geworden. Sie hatte die Zwillinge vor kurzem endlich dazu überreden können, sie zu ihrem Apartment in MidCity zu bringen, damit sie einige ihrer wichtigeren Besitztümer hatte holen können, wie ihre Laufschuhe und Ersatzkittel für die Arbeit.

Komme, was wolle, Sera würde in ein paar Tagen wieder zur Arbeit gehen. Sie kam vor Langeweile beinahe um, während sie wie eine verwöhnte viktorianische Lady im Herrenhaus herumlag. Zudem war es eine Verschwendung guter ärztlicher Kompetenzen, wenn sie den lieben langen Tag hier drinnen eingesperrt war! Neben ihrer Ankündigung, zur Arbeit zurückzukehren, hatte sie Kellan auch unverblümt darüber informiert, dass sie das Joggen wieder aufnehmen würde, hauptsächlich für ihre mentale Gesundheit.

Hier zwischen den zwei Männern eingesperrt, konnte Sera einfach nicht *denken*.

Als sie ausreichend gekleidet war, schob Sera einige Scheine in ihren Hosenbund, steckte ihre Kopfhörer in die Ohren und lief die Treppe nach unten. Sie brachte einige Minuten damit zu, sich im Vorgarten zu dehnen, ehe sie die Grenzen des Herrenhauses in einem lockeren Trab hinter sich ließ. Als sie die äußere Barriere der Schutzzauber passierte, fühlte sie diese über ihre Haut gleiten und an ihr zerren, als wollten sie sie nicht gehen lassen.

Gruselig.

Sie schüttelte das Gefühl ab und lief in Richtung Marigny in der Absicht, zum unteren Teil des French Quarter zu gehen und beim Laufen die Leute zu beobachten. Vielleicht würde sie auch kurz anhalten und sich eine kleine Belohnung gönnen, weil sie die ganze Woche im Haus festgesessen hatte?

Ihre Gedanken folgten ihr, weigerten sich, sich abhängen zu lassen und klebten bei jedem Schritt an ihren Fersen.

Wähle. Wähle. Wähle.

Was, wenn ich nicht wählen möchte?!, knurrte sie die hartnäckige Stimme in ihrem Hinterkopf an. *Was, wenn ich einmal in meinem Leben einfach alles will, ohne irgendetwas zu opfern?*

In der Nähe des *Cafe du Monde* verlangsamte sie ihr Tempo zu einem gemächlichen Schritt, um sich in die Schlange für einen kleinen Café au Lait und einen Beignet einzureihen. Während sie an ihrem Kaffee nippte und an dem mit Puderzucker bestäubten Donut knabberte, saß sie auf einem Betonsims und beobachtete die Leute beim Vorbeigehen. Jede Farbe, Rasse, Glaubensanhänger, Größe, Stil und Alter liefen auf ihrem Weg zu den verschiedenen Orten des French Quarter direkt an ihr vorbei.

Sie war so vertieft in den Genuss ihres Donuts, dass sie eine Minute brauchte, bis sie den Blick in ihrem Rücken spürte. Als sie sich leicht nach links drehte, entdeckte sie einen runzeligen älteren Gentleman, der nur wenige Meter entfernt saß und sie anstarrte. Magie ergoss sich aus seiner Aura, was sich mit seinem unschuldigen Äußeren biss, aber er lächelte sie lediglich an und starrte weiter.

„Ähm, hallo", sagte sie und wischte sich den Puderzucker von den Lippen.

„Es ist eine Ewigkeit her, seit ich eine Ihrer Art gesehen habe", war seine merkwürdige Antwort. „Hätte auch nie gedacht, dass ich nochmal einen sehen würde. Dachte Sie wären alle ausgestorben, wenn ich das so direkt sagen darf."

„Wie bitte?", fragte Sera. Einen schrecklichen Moment lang dachte sie, dass er vielleicht über ihr fernöstliches Aussehen sprechen würde.

„Ein Phönix, meine Liebe. Sie sind der Erste, den ich seit der Entstehung des Christentums sehe." Seine Lippen hoben sich zu einem fröhlichen Lächeln.

„Ich – was?" Sera war mehr als verwirrt.

„Ich dachte, Sie sehen anders aus", sagte er in plauderndem Tonfall. „Der andere, er war ein großer Krieger. Ich sah ihn sogar brennen. Es war atemberaubend!"

„Ich denke, Sie verwechseln mich", sagte Sera, stand auf und klopfte ihre Hose ab. „Einen schönen Tag Ihnen noch."

„Seien Sie vorsichtig, kleiner Vogel. Sie glauben mir nicht, aber es gibt böse Kreaturen, die Sie erkennen werden. Sie werden sehen, was ich sehe, und sie werden Sie benutzen wollen. Ihr seid mächtig, ihr Phönixe."

„Sir – "

„Haben Sie jemals einen von diesen... wie nennt man es nochmal... Déjà-vu Momenten?", fragte er und legte den Kopf schräg, während er sie musterte. „Aber intensiver. Erleben sie andere Leben, in einem anderen Jahrhundert, anderem alles?"

Seras Mund öffnete sich, um zu *verneinen*, dann schloss er sich.

„Vielleicht", brachte sie hervor.

„Das liegt an dem, was Sie sind, kleiner Vogel. Sie brennen und erstehen wieder auf und brennen wieder. Und jetzt... tja, ich denke doch, Sie sind für einen Phönix etwas in die Jahre gekommen. Es kann jetzt jeden Tag passieren, meine Liebe. *Pflücken Sie die Knospe, solange es geht*", zitierte er und winkte mit der Hand.

„Nun... Danke?", erwiderte sie mit einem erstickten Lachen.

„Jederzeit", sagte er mit einem verschwörerischen Zwinkern. Dann wandte er sein Gesicht nach oben, als würde er im Wind schnuppern. „Sie sollten weitergehen, kleiner Vogel. Jemand kommt, jemand sucht nach Ihnen."

„Einen schönen Tag noch", sagte Sera, die sich bereits in Bewegung gesetzt hatte.

Seine Worte hatten sie bis ins Knochenmark erschüttert. So interessant die Vorstellung ihrer Herkunft auch war, seine Warnung hatte sie nervös gemacht. Jeder Zentimeter ihrer Haut kribbelte aufgrund einer dunklen Vorahnung, während sie in einen Trab verfiel, sich umdrehte und durch den French Market lief. Gerade als sie ihr Tempo anzog, passierte sie einen fremden Mann in einem dunklen Trenchcoat. Er stellte eine Sekunde direkten und ungenierten Blickkontakt mit Sera her. Aus ihrem Augenwinkel sah sie, dass er ihr folgte, als sie ihre Schritte beschleunigte.

„Scheiße."

Sera sprintete nun los und hob ihre

Hand, um ein Taxi zu stoppen, das in die gleiche Richtung fuhr. In typischer New Orleans Taxifahrer Manier legte der Fahrer eine Vollbremsung hin und ließ Sera, ohne Fragen zu stellen, einsteigen. Sera rang auf dem gesamten Rückweg zum Herrenhaus um Atem, wo sie dem Fahrer eine Handvoll Scheine in die Hand drückte, bevor sie auf die jetzt willkommenen Zauber zu raste, die das Haus beschützten.

Sie hörte nicht auf zu rennen, bis sie die Treppe vollständig erklommen hatte. Mit hämmerndem Herzen platzte sie in ihr Schlafzimmer und stoppte abrupt.

Kieran und Kellan standen mitten im Zimmer, die Arme verschränkt... und sie sahen *angepisst* aus.

„Oh... hey", sagte sie, beugte sich vornüber und versuchte, zu Atem zu kommen. „Bin... Joggen... gegangen..."

„Duverjay hat gesehen, wie du aus einem Taxi gestiegen bist", informierte Kellan sie, seine Worte anklagend.

Seras Augen verengten sich zu Schlitzen. Nur weil da dieses Ding zwischen ihnen war, bedeutete das nicht, dass er einfach Entscheidungen für sie treffen und sie verschiedener Dinge anklagen konnte. Vor allem durfte er ihr keine Ultimaten stellen. Sera war ihre eigene Herrin.

„Ich hatte einen Krampf", log sie, froh darüber, dass sie vom Rennen bereits ein rotes Gesicht hatte. Sie war eine schreckliche Lügnerin, aber ihre Atemlosigkeit kaschierte das dieses Mal.

„Geht es dir gut?", fragte Kieran und trat an ihre Seite. Als würde er… was, sie in seine Arme heben und zu ihrem Bett tragen wollen? Wegen eines Krampfs? Kira hatte recht damit gehabt, dass die Wächter herrische Alpha Männer waren.

„Mir geht's gut", antwortete sie und ließ sich in den Sessel neben ihrem Bett fallen. „Ich brauchte nur ein wenig

Bewegung, musste meinen Kopf frei bekommen. Es hat geholfen."

„Geholfen?" Kellan beobachtete sie immer noch wie ein Falke. Ein skeptischer Falke, um genau zu sein.

„Bei meiner Entscheidung", erwiderte sie und bedachte sie beide mit einem ruhigen Blick. „Du hast mir doch gesagt, dass ich mich entscheiden muss, schon vergessen?"

Die Art und Weise, wie die beiden Blicke austauschten und ihre Kehlen nervös arbeiteten, ließ sie wünschen, sie hätte nicht in solch unhöflichem Ton mit ihnen gesprochen. Den nächsten Teil sprach sie in einem weicheren Tonfall aus. Den Teil, bei dem sie beiden geben würde, was sie wollten... mehr oder weniger.

„Ich möchte nicht zwischen euch wählen. Ich möchte euch beide. Ich denke, das ist genau das, was geschehen sollte, ansonsten würden wir nicht empfinden, was wir nun mal empfinden."

Sie hielt inne und ließ ihre Worte einen Augenblick sacken, ehe sie weitersprach: „Beide oder keiner. Kein Streit mehr, kein Konkurrenzkampf mehr. Ihr habt doch hoffentlich nicht gedacht, dass mir das entgangen wäre, oder?"

Die ungläubigen Blicke, die die beiden austauschten, weckten den Wunsch in ihr, zu lachen, aber sie hielt sich zurück. Das war ein ernster Moment.

„Ich fühle mich zu euch beiden gleichermaßen hingezogen. Es ist zwar nicht unbedingt das, was ich mir immer vorgestellt habe, zwei Männer in meinem Leben zu haben. Aber mehr als alles andere habe ich mir schon immer eine große Familie gewünscht. Viele Gesichter am Esstisch oder vor dem Kamin oder so was. Vielleicht ist das einfach… Teil dessen, was ich brauche. Und da wir vom Schicksal füreinander bestimmt wurden, ist das vielleicht auch das, was ihr beiden braucht."

„Sera – ", begann Kieran. Ein Blick

auf die harten Züge seines Gesichts und Sera stoppte ihn.

„Nein", sagte sie, stand auf und scheuchte sie zur Tür. „Geht bitte beide raus. Nehmt euch Zeit, um über das nachzudenken, was ich gesagt habe. Ich brauche eine schön lange Dusche."

In dem Moment, in dem sie den Flur betraten, schloss sie sanft die Tür vor ihren überraschten Gesichtern.

Jep, ich habe das gerade wirklich getan.

Das Einzige, das Sera jetzt tun konnte, war zu hoffen, dass die beiden das Richtige tun würden, um ihrer aller willen.

10

Kellan saß am äußersten Ende der Bar im *The John*, seiner Lieblingsspelunke, und kippte einen Tequilla Shot nach dem anderen runter. Dass er Tequila trank, war ein wirklich schlechtes Zeichen. Kellan plus Tequila war nie eine gute Idee, ohne Ausnahme. Er war seine Eintrittskarte zu seinem wütenden, einsamen Ort. Dem Ort, zu dem er ging, wenn ihm das Leben den Stinkefinger zeigte.

Und der Kater nach zu viel Tequila? Salz in der Wunde. Trotzdem trank und grübelte er, rauchte sogar eine halbe

Zigarre, bevor sie ihn anwiderte und er sie auf dem Boden austrat. *The John* hatte einen Betonboden und Metallstühle. Es war die Art von schäbigem Laden, der am Ende der Nacht mit einem Gartenschlauch gereinigt wurde. Er hatte eine gewisse Atmosphäre, die zu Kellans Laune passte.

Ich werde nicht wählen, hatte sie gesagt.

Fuuuuuuck. Ihre Worte hatten ihn völlig umgehauen. Schlimmer, er verstand ihre Sichtweise, wenngleich die Eifersucht in seiner Brust tobte, an seinem Ego und Herzen riss und zerrte. Also trank er und blies Trübsal. Er brauchte einfach Zeit für sich, weg von Sera und Kieran. Vor allem konnte er es nicht gebrauchen, dass Sera diese Seite von ihm sah, dieses kindische Konkurrenzdenken und Egoismus, die er einfach nicht ablegen zu können schien.

Er wusste es besser, gottverdammt.

Er wusste, was er tun musste, kannte die Worte, die er sagen musste. Doch er sah immer wieder das Grinsen vor sich, mit dem Kieran ihn bedenken würde. Dasselbe Grinsen, das Kieran jedes einzelne Mal aufgesetzt hatte, wenn er Kellan eine seiner Bettpartnerin abspenstig gemacht oder ihm eins ausgewischt hatte. Dieses arrogante, selbstgefällige, reuelose Grinsen, dass Kellan verdammt nochmal rotsehen ließ. Jedes. Einzelne. Mal.

Seit ihrer Kindheit hatten sich die Zwillinge miteinander gemessen. Als ihre individuellen Magiearten zu Tage getreten waren, war Kieran sofort zum schwarzen Schaf ernannt worden, dem Dunkelprinzen. Es war unfair und Kellan war der Erste gewesen, der für ihn eingetreten war, aber dann hatte Kieran getan, was er am besten konnte: er hatte den vermeintlichen Nachteil zu seinem Vorteil genutzt.

Er hatte Kellan gereizt, indem er

ihm erzählt hatte, dass der Dunkelprinz viel stärker wäre als der Lichtprinz, dass Kellan ein verhätscheltes Baby wäre, all die Dinge, die einem kleinen Jungen die Oberhand gaben. Dann hatten sie miteinander gekämpft, sich gegenseitig grün und blau geprügelt und irgendwann war der ganze Streit vergessen gewesen.

Bis jemand das nächste Mal das Licht und die Dunkelheit erwähnt hatte. Kieran hatte die ganze Sache immer persönlich genommen. Hatte sie zu einem Streit zwischen den Brüdern gemacht, anstatt es als einen verletzenden Kommentar eines Außenstehenden zu sehen. Eigentlich hätten die zwei Prinzen gegen die Welt kämpfen sollen, die Gray Brüder gegen alle anderen.

Stattdessen hatte sich Kieran dafür entschieden, gegen Kellan zu kämpfen. Indem er Gebrauch von seinem Ruf als der schnellere, lockerere und gefährlichere Bruder gemacht hatte, hatte Kieran Kellan Frauen, Autos und Jobs weggenommen. Alles, was Kellan geschenkt bekommen hatte, alles, wofür er gearbeitet hatte... es war egal was. Kieran wollte es und er nahm es sich.

Noch schlimmer war, dass Frauen häufig Kellan für Kieran verlassen wollten. Kellan war sicher, langweilig, emotional, schwierig... Kieran war aufregend, verwegen, atemberaubend. Es trieb Kellan in den Wahnsinn. Es trieb auch die Brüder immer wieder auseinander, die miteinander stritten und sich trennten, bevor sie irgendwann wieder aufeinander zugingen.

Kellan grübelte endlos über die Vergangenheit nach in dem Versuch, den glitschigen Teil zu packen zu bekommen... doch war die Vergangenheit überhaupt von Bedeutung? Waren sie dazu verurteilt, sie zu wiederholen oder konnten sie den Kreislauf durchbrechen? Würde Sera diejenige sein, die sie veränderte, sie rettete, oder würde sie nur eine weitere Tragödie sein, die Kellan innerlich zerstörte?

Bei diesem Gedanken stoppte Kellan und beäugte die Tequilaflasche vor sich. Der letzte Teil klang eher danach, als würde der Alkohol aus ihm sprechen und die halb leere Flasche sprach für seine Theorie. Tequila verlieh ihm melodramatische Tendenzen.

„Du wirkst wie ein schwergeplagter Mann."

Kellan drehte sich und entdeckte einen dünnen, glatzköpfigen Mann, der zwei Hocker weiter an der Bar saß und an einer Dose billigen Biers nippte. Der Kerl war ein Kith, aber kein sehr mächtiger. Vielleicht ein niederrangiger Magier oder so etwas.

„Du wirkst wie ein Fremder mit vielen Meinungen", erwiderte Kellan in der Erwartung, dass seine harschen

Worte das Gespräch beenden würden, bevor es richtig beginnen konnte. Doch nein, der Kerl war ein gesprächiger Säufer.

„Nichts für ungut, nichts für ungut", sagte er, wobei er geradeaus stierte, anstatt zu Kellan zu schauen. „Es ist nur, weißt du, wir haben alle Probleme. Es gibt immer mehr Lösungen als wir denken, weißt du?"

Kellan grunzte bloß, trank den Shot leer, den er sich eingegossen hatte, und schob dann das Shotglas von sich. Er zog seine Brieftasche heraus, bereit zu zahlen und zu gehen.

„Hör zu", fing der Fremde abermals an. „Ich denke, ich kann dir helfen, Freund."

Kellan hielt inne, ein Bündel Scheine in der Hand, und richtete die volle Kraft seines wütenden Blicks auf den Kerl. Der andere Mann zuckte schon zusammen, bevor Kellan auch nur ein Wort sagte.

„Wir sind *keine* Freunde", spuckte

Kellan aus. „Und ich bin niemand, mit dem du dich anlegen möchtest, das kann ich dir versichern."

„Ich kann aber dein Problem lösen", beharrte der Kerl, auch wenn er mit jedem Wort blasser geworden war. „Das Problem mit deiner, äh, Gefährtin. Ich kann dir den Weg frei räumen, damit du sie haben kannst, *allein*."

Heiße Wut zischte durch Kellans Adern.

„Bedrohst du etwa meinen Bruder?", fragte er, wobei er einen ruhigen Tonfall beibehielt. „Gehörst du zu Papa Aguiel?"

„Nein, nein", wehrte der Kerl ab, hob seine Hände und wandte sich schließlich Kellan zu. „Nenn mich eine... besorgte dritte Partei. Oder wenigstens ist das mein Boss. Mein Boss rekrutiert große Jungs wie dich, im Söldnerstil. Belohnt seine Soldaten, wie sie es sich nicht einmal in ihren kühnsten Träumen vorstellten."

„Und was zum Teufel hat das mit

mir zu tun?", wollte Kellan wissen, der bei den letzten Worten seine Zähne zeigte. „Schnell, du fängst an mir auf die Nerven zu gehen."

Er hob eine Hand, beschwor einen Zauber. Weißer Nebel begann in die dunkle Bar zu dringen, über den Boden zu kriechen und sich wie Efeu nach oben zu winden, um einen kleinen Käfig um den Fremden zu errichten. Dem Kerl brach der Schweiß aus, aber man musste ihm lassen, dass er weitersprach. Das machte Kellan sehr neugierig auf den Boss dieses Kerls.

„Schau, wir haben nur einen Tipp erhalten, dass der Licht- und Dunkelprinz hier wären und dass sie sich in Umständen befänden, aus denen einer von beiden vielleicht einen Ausweg suchen würde. Wir bezahlen gut, die Arbeit ist hart und macht Spaß und die Mitglieder stehen wie Brüder zu einander. Es ist nur ein Angebot. Freiwillig, 100%. Aber wenn du es deinem Bruder ins Ohr flüstern solltest, sagen wir..."

„Komm mir nicht noch einmal zu nahe. Und wenn du auch nur in meine Nähe oder die meiner Familie kommst, wird das das Letzte sein, das du jemals tust." Kellan stand auf und warf sein Geld auf den Bartresen.

„Wenn du deine Meinung änderst", sagte der Kerl und warf Kellan eine Visitenkarte zu. „Wenn du die Nase vom Teilen voll hast... wir haben große Pläne und dein Bruder würde gut in unsere Organisation passen. Zur Hölle, wo wir schon dabei sind, du würdest genauso gut dazu passen. Einer von euch steigt aus, der andere bekommt die hübsche Ärztin ganz für sich..."

Kellan fauchte und drohte dem Kerl mit der Faust, der den Schwanz einklemmte und ohne ein weiteres Wort floh. Die Bierdose blieb verlassen auf dem Tresen zurück. Kellan sah hinab auf die Karte in seiner Hand.

KAYLA GABRIEL

les mercenaires

t. 504.000.0000

„Die Söldner", las er, dann grunzte er. Die Telefonnummer wirkte nicht einmal echt. Und warum zum Henker war die Karte auf französisch?

Für einen kurzen Moment erlaubte er sich, sich vorzustellen, was passieren würde, wenn Kieran *aussteigen* würde, wie es der Kerl vorgeschlagen hatte. Kellan und Sera, wie sie Hand in Hand liefen. Eine Hochzeitszeremonie, wie sie manche Menschen gerne abhielten. Sera, die ein Kind in den Armen hielt, ihr *beider* Kind, und liebevoll zu Kellan hochsah…

Kellan schob die Fantasien beiseite und augenblicklich durchfluteten ihn Schuldgefühle. Es musste eine Lösung geben, wie es der Fremde gesagt hatte, aber das war sie nicht.

Aber was gab es sonst noch?

―――

Kellan setzte sich in seinem Bett auf. Ein kalter Schauder rieselte über sein Rückgrat.

Falsch. Es konnte nicht sein...

Er war betrunken zu Bett gegangen, in einem geradezu beschämenden Zustand. Dann hatte er geträumt. Von Sera, davon sie zu küssen und zu berühren. Von ihr, wie sie ihm zum Abschied winkte, während sie davonlief, Hand in Hand mit Kieran. Und dann hatte er von seinem Bruder geträumt, allein.

In dem letzten Teil seines Traums watete Kellan durch einen eisigen See, dessen Wasser ihm bis zur Taille reichte. Kieran lag in seinen Armen, so kalt und ruhig wie das Seewasser. Weiter und weiter lief Kellan auf der

Suche nach Hilfe, nach irgendeinem Ort, an dem er seine Last ablegen könnte. Kieran wurde mit jedem Augenblick schwerer, das Wasser kälter, das drohte, Kellans Herz zum Stillstand zu bringen.

Dennoch ging er immer weiter, kein Licht, keine Dunkelheit, nur... Endlosigkeit. Taubheit.

Schließlich sah er eine dunkle Gestalt, die am Seeufer stand. Wartend. Kellan stoppte und kniff die Augen zusammen in dem Bemühen, das Gesicht der Gestalt zu erkennen. Obwohl er Papa Aguiel nicht vom Sehen her kannte, *wusste* Kellan aus irgendeinem Grund, dass diese Gestalt sein Feind war. Es war diese Art von Traum, in der man etwas wusste, ohne es zu wissen. Zeit ohne Verstehen. Angst ohne Auslöser.

Kellan wusste, er konnte Kieran nicht ans Ufer tragen, weil Papa Aguiel genau das von ihm wollte. Aber dann, während er die Lage nur beobachtete, weil seine Angst, sich zu bewegen, zu groß war, sah er Sera. Sie stand mit ausdruckslosem Gesicht da und betrachtete Kellan ohne einen Funken des Erkennens. Als würde er ihr nichts bedeuten, als wären sie sich nie begegnet.

Papa Aguiel warf den Kopf nach hinten und lachte, seine Zähne blitzten in der verschwommenen Dunkelheit seiner Gestalt weiß auf. Er reichte Sera ohne ein Wort seine Hand. Sie ergriff sie demütig und ließ sich von Papa Aguiel vom See wegführen.

„Sera!"

Ihr Name lag auf seinen Lippen, als er aufwachte. Das Entsetzen aus dem Traum sowie das Gefühl der kalten und leblosen Haut Kierans an seiner eigenen haftete noch an ihm, selbst nachdem er die Decke über seinen Körper gezogen hatte.

Es war surreal gewesen, ganz anders als das Leben.

Und dennoch... zu real. Das Gefühl,

seinen Zwilling zu verlieren, seine Gefährtin zu verlieren...

Das war unvorstellbar gewesen, wenn auch kurz.

Das durfte nicht passieren.

Kellan würde es nicht zulassen.

11

„Das ist Wahnsinn", sagte Kieran. Er stützte sich am Fenster ab, als Gabriel mit dem SUV in Höchstgeschwindigkeit eine enge Kurve nahm, und drehte sich auf dem Beifahrersitz um, um in Erfahrung zu bringen, was hinter ihm auf der Rückbank passierte. Sera saß auf einer Seite, Kellan auf der anderen und Cassie befand sich in der Mitte, so weiß wie ein Laken.

„Halt verdammt nochmal die Klappe", fauchte Gabriel, während er mit dem Auto zum Eingang des Sloane

Krankenhauses raste. „Wenn es um dein Baby geht, können wir dieses Gespräch gerne nochmal führen."

Kieran schloss den Mund und sah nochmal nach hinten. Sera hielt eine von Cassies Händen, Kellan die andere, als der SUV quietschend in der Nähe des Eingangs der Notaufnahme stoppte. In dem Moment, in dem das Auto nicht mehr in Bewegung war, öffneten Kieran und Gabriel die hinteren Türen. Gabriel rammte Kellan aus dem Weg, um seine Gefährtin in die Arme heben und sie selbst durch das Portal tragen zu können.

„Sie ist so nervös", sagte Sera, während Kieran sie durch das Portal und in den kühlen weißen Gang des Kith Krankenhauses scheuchte. „Das erste Baby ist immer furchteinflößend."

Das war der letzte Wortwechsel, den er für eine ganze Weile mit Sera führte. Ab dem Moment war sie ganz im Arztmodus, eilte geschäftig umher und brachte Cassie in einem

Entbindungszimmer unter. Gabriel war es erlaubt, bei Cassie zu bleiben, die anderen Wächter und ihre Gefährtinnen wurden jedoch in den nahegelegenen Warteraum geschickt. Danach erhaschte Kieran lediglich ab und zu einen Blick auf Sera. Einmal steckte sie kurz ihren Kopf durch die Tür, um alle auf den neuesten Stand zu bringen.

„Es läuft wie geschmiert!", verkündete sie heiter. „Noch kein Baby in Sicht, aber bald."

Und dann war sie wieder weg. Ihr Verhalten war fröhlich, aber professionell, ruhig, aber enthusiastisch. Sie war in ihrem Element, so viel war mal sicher. Sera war dafür geschaffen, Ärztin zu sein, das war ganz offensichtlich. Hauptsächlich schien es dabei um eine Menge Stress und Warten zu gehen.

Nachdem sie in solcher Hast zum Krankenhaus gehetzt waren, ließ sich das Baby alle Zeit der Welt, bevor es eben diese begrüßte. Alle nippten an widerlichem Krankenhauskaffee, schauten das Abendprogramm und warteten. Kieran ertappte Echo immer wieder dabei, wie sie Rhys ein merkwürdiges, aufgeregtes Lächeln schenkte. Etwas ging bei den beiden vor sich, da war er sich ziemlich sicher.

Ahnte Echo, dass sie und Rhys sich in nicht allzu ferner Zukunft selbst in diesem Entbindungszimmer befinden würden? Die verstohlenen Blicke und das freudige Erröten sagten *vielleicht*.

„Wir haben ein Baby!", brüllte Gabriel, der ins Zimmer stürzte.

Alle sprangen auf die Füße und jubelten. Es gab eine Menge Umarmungen, sogar zwischen Kieran und Kellan. Die Stimmung war ansteckend, unwiderstehlich. Gabriel verkündete, dass es ein Mädchen war und dann verschwand er wieder und alle standen aufgeregt herum.

Kurz darauf tauchte Sera wieder auf, von einem Ohr zum anderen grinsend.

„Wollt ihr das neue Familienmitglied kennenlernen?", fragte sie, eine unglaubliche Fröhlichkeit ausstrahlend.

Sie führte alle in das Entbindungszimmer. Cassie lehnte mit dem Oberkörper am Kopfteil des Bettes und sah erschöpft, aber glücklich aus. Gabriel hielt sich dicht an ihrer Seite auf und wirkte, als würde er gleich vor Stolz platzen. Und in Cassies Armen lag das winzigste, roteste Baby, das Kieran jemals gesehen hatte.

„Das ist Marie", sagte Cassie schüchtern, während sie die Decke leicht zurückzog, um das Baby zu zeigen.

Echo und Alice weinten offen, Kira klammerte sich mit aller Kraft an Asher und alle Wächter schlugen einander auf den Rücken, als hätten sie etwas Wundervolles vollbracht. Es war lächerlich, aber die kleine Marie war tatsächlich wunderbar.

„Wo ist ihre Namensvetterin?", fragte Asher.

„Mere Marie hält im Herrenhaus die Stellung. Sie wird das Baby besuchen, wenn ein Teil von uns wieder dort ist, um ihren Platz einzunehmen", informierte Rhys ihn.

Sera ging zum Bett und gurrte sanft mit dem Baby, was etwas in Kierans Herz berührte. Er schnappte sich Kellans Arm und zerrte seinen Zwilling in eine Ecke, um sich kurz mit ihm zu unterhalten.

„Das könnte unser Leben sein", sagte Kieran.

Kellan zog fragend eine Augenbraue hoch.

„Unseres, im Sinne von uns allen dreien", erklärte Kieran. „Wenn wir uns einfach die Hände geben und aufhören würden zu versuchen, den anderen bei Sera auszustechen."

Kellan schwieg einen Herzschlag lang, dann nickte er.

„In Ordnung."

„Es wird nicht leicht werden, aber Sera verdient es. Vielleicht weiß das

Schicksal ja, was es tut."

„Ich habe tatsächlich ähnliche Gedanken gehegt", gab Kellan zu.

„Wir markieren sie gemeinsam?", hakte Kieran nach.

„Heute Abend", erwiderte Kellan, der sehr ernst aussah. „Besiegeln wir es mit einem Handschlag?"

Sie gaben sich die Hände und umarmten sich daraufhin. Als sie sich voneinander lösten, beobachtete Sera sie mit großem Interesse.

„Wir sollten Cass jetzt ihre Ruhe lassen", verkündete Sera einige Minuten später. „Dr. Bristol wird sich hervorragend um sie kümmern und Gabriel wird auch hier sein. Der Rest von uns sollte gehen."

„Ich könnte ein Nickerchen vertragen", meinte Cassie und alle lachten.

Eine Schlange bildete sich, um dem glücklichen Paar noch einmal zu gratulieren, und dann verließen alle nacheinander das Zimmer. Die Paare fanden sich instinktiv und gingen gemeinsam, sodass Kieran, Kellan und Sera allein im Wartezimmer zurückblieben.

„Nun?", fragte sie mit neckender Stimme. „Wer wird mich nach Hause fahren? Oder wollt ihr einfach nur hier rumstehen?"

„Wir beide werden dich nach Hause fahren", antwortete Kellan und reichte ihr seine Hand.

Sie zögerte.

„Es ist Zeit, nach Hause zu gehen", erklärte Kieran, als sie zu ihm blickte. Er streckte seine Hand aus und nahm ihre, Kellan die andere.

Sera biss auf ihre Lippe, sah vom einen zum anderen, eine Frage in ihren großen braunen Augen.

Kieran und Kellan nickten gleichzeitig und beide glucksten, als Seras Knie nachgaben.

„Du musst aufhören, in unserer Anwesenheit ohnmächtig zu werden", neckte Kellan sie.

„Dann wollen wir dich mal hier rausschaffen", sagte Kieran.

Hand in Hand mit Sera führte er ihr Trio aus dem Krankenhaus und zur größten Entscheidung ihres Lebens.

12

Sera kam nicht umhin, auf dem Weg nach Hause leicht nervös zu werden. Kellan und Kieran schwiegen während der gesamten Heimfahrt. Kieran fuhr und Kellan überließ Sera den Beifahrersitz. Sie sahen einander nicht einmal an und die Spannung im Auto verdichtete sich, bis Sera es nicht mehr ertragen konnte.

Sie streckte ihre Hand aus, schaltete das Radio ein und blinzelte überrascht, als Rap durch die Autolautsprecher dröhnte. Das warf die Frage auf, welcher der Wächter eine Vorliebe für

Rap hatte, da einer von ihnen den Sender ausgewählt haben musste. Sie waren alle so steif und kontrolliert, dass sie sich bei den meisten von ihnen nicht vorstellen konnte, dass sie diese Art von Musik aussuchen würden.

Vielleicht Asher? Da Asher nur um die Mitte Dreißig war und bisher nur eine menschliche Lebensspanne gelebt hatte, war er vielleicht noch jung genug, um Rap zu mögen, anders als der Rest der Wächter.

Ehe sich Sera versah, waren sie zurück im Herrenhaus. Sie machte Anstalten, ihre Tür zu öffnen und aus dem Auto zu steigen, nur um festzustellen, dass Kellan bereits die Tür für sie geöffnet hatte. Er packte sie an der Taille und warf sie über seine Schulter, wobei er ihre Proteste geflissentlich ignorierte.

„Jungs! Jungs, ich kann laufen!", sagte sie.

Sie wusste ihren Eifer, sie ins Bett zu bringen, ja zu schätzen, das tat sie wirklich, aber es war nicht nötig, dass sie beide die Treppen mit ihr im Gepäck hochrannten, oder? Allerdings erhielt sie so auf dem gesamten Weg die Treppe hoch einen prächtigen Ausblick auf Kierans perfekt geformtes Hinterteil, also…

Sie würde es als ein Unentschieden verbuchen.

Als Kellan sie auf das Bett setzte, sah sie zwischen den beiden hin und her und leckte sich über die Lippen, da ihr Mund plötzlich ziemlich trocken war. Beide standen vor ihr, groß und breit und robust gebaut, die Blicke intensiver denn je.

Sera biss sich auf die Lippe und nahm all ihren Mut zusammen, um zu sagen, was ihr auf dem Herzen lag.

„Es gibt etwas, über das wir reden müssen, bevor wir einen Schritt weiter gehen bei… all dem hier", sagte sie und gestikulierte zum Bett.

Kierans und Kellans Zwillingsmienen der Verwirrung wären

beinahe zum Lachen gewesen, wäre der Moment nicht ganz so ernst gewesen.

„Du kannst uns alles erzählen", beteuerte Kellan, streckte seine Hand aus und ergriff ihre.

„Es hat weniger mit mir zu tun als viel mehr mit euch zweien. Ich habe euch gesagt, dass ich euch beide will und das meinte ich auch ernst. Und ich verstehe, wenn ihr zwei Grenzen braucht, wenn ihr nicht jeden Moment für den Rest eures Lebens mit mir teilen möchtet. Aber wenn ihr zwei mir sagt, dass ihr gewillt seid, unser Leben gemeinsam zu verbringen, eine Familie zu werden…" Sera zögerte und rieb sich über den Nacken. „Ich muss wissen, dass ihr zwei es ernst meint, dass ihr genauso sehr wie ich Teil dieser Beziehung sein wollt. Gemeinsam."

„Natürlich tun wir das", versicherte Kieran, aber der Blick, den er Kellan zuwarf, veranlasste Seras Magen dazu einen eigenartigen Salto zu vollführen.

„Überstürzt das nicht, Jungs",

beharrte Sera. „Ihr müsst es wollen, wirklich wollen, dass wir alle drei zusammen sind. Was, wenn wir eine Familie gründen? Wir werden vielleicht nicht wissen... wessen Kind es ist. Versteht ihr? Könnt ihr damit umgehen? Oder werdet ihr beide für den Rest eures Lebens gegen einander konkurrieren? Ich kann euch nicht jahrzehntelang dabei zuschauen, wie ihr euch wegen jeder Kleinigkeit in die Haare kriegt. Das werde ich nicht tun."

„Sera, das ist kein Problem", sagte Kieran in schärferem Tonfall, als es Sera gefiel. Sie hob ihre Augenbrauen und verschränkte die Arme, musterte sie beide.

Kellan wandte sich von Sera zu Kieran, seine Lippen bitter verzogen.

„Mach das jetzt nicht zu einer Sache über die Vergangenheit", sagte Kellan.

„Das mache ich nicht. Das ist es nicht", widersprach Kieran, wobei er defensiv klang. Er blickte zu Sera, als hätte er Sorge, sie würde etwas sehen, das sie nicht sehen sollte, mehr als er sie sehen lassen wollte.

„Das ist genau das, wovon ich rede", verkündete Sera. „Ihr zwei wart so lange zwei Hälften eines Ganzen, dass ihr mich nicht reinlassen könnt. Wir müssen zu drei Teilen des gleichen Puzzles werden, wenn das zwischen uns jemals funktionieren soll."

Kierans ganzer Körper war angespannt, seine Fäuste geballt, sein Kiefer starr.

„Du verstehst nicht", sagte er.

„Nein? Dann erklär es mir", erwiderte Sera.

Kieran schaute zu Kellan, der beinahe genauso angespannt war wie sein Zwillingsbruder.

„Erzähl es ihr", forderte Kellan ihn kopfschüttelnd auf. „Wenn es das ist, was uns zurückhält, verdient sie es, darüber Bescheid zu wissen."

Kieran starrte Kellan lediglich mit steinernem Gesichtsausdruck an.

„Schön. Dann erzähle ich es ihr

eben." Kellan seufzte und drehte sich zu Sera. „Als wir noch klein waren, wurden wir gegeneinander ausgespielt. Der Feenhof ist ein gefährlicher Ort und alles wird von Politik regiert. Kieran und ich waren Opfer dieses Systems, von Geburt an."

„Aber warum? Was haben Kinder mit Politik zu schaffen?", fragte Sera.

„Unsere Großeltern waren über Äonen die Königinregentin und der Prinzgemahl und dann starben sie ganz plötzlich. Ihr Tod war verdächtig, aber der Hof war in viel zu großer Aufruhr darüber, einen Nachfolger zu wählen, dass es keinen interessierte. Unsere Mutter war die Zweite in der Thronfolge und unsere Tante Meave die dritte."

„Als ihr erzählt habt, dass eure Eltern getötet wurden…", fragte Sera.

„Von niemand geringerem als unserer eigenen Familie", sagte Kieran, der sich schließlich auch an dem Gespräch beteiligte. „Nachdem sie starben, lernten wir, niemandem zu vertrauen außer einander."

„Das Wichtige, das es über unsere Kindheit zu verstehen gilt, ist, dass die Tragödie auf gewisse Weise unvermeidbar war. Zwei mächtige Feenprinzen, jeder mit einzigartigen Kräften. Leben und Tod, ein perfektes Gleichgewicht. Gemeinsam können wir so gut wie alles schaffen."

„Und ich schätze, die Leute fühlten sich davon bedroht?", fragte Sera.

„Verdammt richtig", bestätigte Kieran, der grimmig dreinblickte. „Die einzige Möglichkeit, uns daran zu hindern, den gesamten Hof der Feen zu dominieren, bestand darin, einen Keil zwischen uns zu treiben. Ab dem Moment, in dem ich Worte verstehen konnte, wusste ich, dass ich der Dunkelprinz war und Kellan der Lichtprinz. Er war gut, ich war böse."

„Mir haben sie erzählt, ich wäre schwach, dass Kieran immer stärker sein, mich immer kontrollieren würde", sagte Kellan.

Kieran warf Kellan einen überraschten Blick zu.

„Das haben sie dir eingeredet?", fragte er.

„Sogar Vater, ja. Mutter war die Einzige, die mir je sagte, dass wir einander ebenbürtig wären", erwiderte Kellan, in dessen Augen eine alte Wut aufflackerte.

Kieran schnaubte und schüttelte den Kopf.

„Mir haben sie erzählt, dass ich schwächer wäre, weil ich kein Leben erschaffen konnte. Ich konnte es nur nehmen, es beschmutzen." Seine Belustigung war so schwarz wie die Nacht. „Diese Drecksäcke. Kinder auf diese Weise auszuspielen. Es war grausam."

„Aber ihr habt den Streit mit euch ins Reich der Menschen genommen", erinnerte Sera ihn sanft.

„Das war nie unsere Absicht",

erklärte Kieran ernst. „Es ist nur… während unserer jungen Jahre wurden wir nur dazu erzogen, uns miteinander zu vergleichen und zu messen. Dass wir eineiige Zwillinge waren, machte es noch schlimmer, da Erfolg oder Misserfolg nicht auf etwas so Unbedeutendes wie unser Aussehen geschoben werden konnte oder etwas wie eine natürliche Veranlagung."

„Ja. Wenn einer von uns den anderen übertrumpft, dann liegt das wirklich daran, dass einer von uns nicht gut genug ist. Einer ist besser als der andere", erklärte Kieran und schaute zu seinem Bruder.

„Irgendwann begannen wir einen sehr langen, sehr stillen Krieg. Wir kämpften beide darum, der bevorzugte Bruder zu sein, in jedem Szenario."

Es entstand ein langer Moment der Stille.

„Ich kann mir gut vorstellen, dass sich die kleinen Kränkungen und Schmähungen im Verlauf der Zeit angesammelt haben. Vor allem da ihr seit fast tausend Jahren zusammen seid", mutmaßte Sera.

Beide Brüder senkten ihre Köpfe und sie konnte ihren Schmerz und Scham fühlen. Sera griff nach ihren Händen und drückte sie fest.

„Ihr zwei seid wundervoll, jeder auf seine Weise. Ihr bedeutet mir beide gleich viel und keiner von euch wird mir jemals mehr bedeuten als der andere. Vielleicht sollte ich besser sagen, dass ich euch verspreche, dass ihr beide immer meine liebsten Gefährten sein werdet", verkündete Sera in dem Versuch, die Situation mit etwas Humor aufzulockern. „Wenn ihr zwei das hier wirklich wollt, so wie ich es möchte, werdet ihr das für euch entscheiden müssen. Könnt ihr mit dem Wissen leben, dass ihr nicht nur eine Gefährtin, sondern auch eine Familie und Zukunft miteinander teilen werdet?"

Die Zwillinge schwiegen und starrten einander eindringlich an.

„Noch viel wichtiger", sagte Sera, „könnt ihr einander vergeben? Hier und jetzt, neu anfangen. Die Vergangenheit hinter euch lassen und einen neuen Pfad beschreiten, Hand in Hand mit mir."

Sie begann, ihre Hände aus denen der Männer zu ziehen, weil sie ihnen einige Momente der Privatsphäre lassen wollte, damit sie sich besprechen konnten. Doch zu ihrer Überraschung entließ keiner der Männer sie aus seinem Griff.

„Nein", sagte Kieran zu Sera, ohne den Blick von Kellan abzuwenden. „Du bist unsere Gefährtin. Du musst hier bleiben."

Sera verharrte regungslos, wartete. Sekunden vergingen, dann eine ganze Minute. Schließlich sprach Kieran wieder.

„Ich vergebe dir. Ich spreche dich frei, Kellan."

Seine Worte hallten in Seras Kopf

und Herz wieder und erfüllten sie mit Freude.

„Und ich dich, Kieran. Von allem, für alles. Wir fangen neu an, genau jetzt."

Tränen traten in Seras Augen, als sie zu ihnen hochstarrte.

„Dankeschön", flüsterte sie. „Danke euch beiden. Ich bin die glücklichste Frau auf der ganzen Welt."

„Wir würden alles für dich tun", beteuerte Kellan. „Ich glaube, keiner von uns hat jemals etwas so sehr gewollt, wie das Band mit dir zu vervollständigen."

Beide Brüder richteten ihre Blicke gleichzeitig auf sie und Seras gesamter Körper erhitzte sich vor langsamer, brodelnder Vorfreude.

„Ich weiß nicht...", sagte sie, dann zögerte sie. „Ich weiß nicht, wie ich anfangen soll."

„Sera", krächzte Kieran, griff nach unten und nahm ihre Hand. Er drehte ihre Handfläche nach oben und drückte einen heißen Kuss auf die Innenseite ihres Handgelenks. „Was willst du? Möchtest du mich anfassen? Dann fasse mich an."

Er führte ihre Handfläche zu der steinharten Wand seines Bauches und zog eine Braue hoch. Sera biss auf ihre Lippe, neigte den Kopf und errötete, als ihr bewusst wurde, dass sie sie sehen wollte… alles von ihnen.

„Können wir… weniger Kleider tragen? Ich möchte euch sehen", gestand sie.

Ein strahlendes Lächeln in doppelter Ausführung blendete sie kurzzeitig, als die Brüder beide ihre T-Shirts und Jeans auszogen, wobei die Muskeln an ihrem Oberkörper bei jeder noch so kleinen Bewegungen spielten. Kurz darauf standen sie in nichts außer engen Boxerbriefs vor ihr, weiß für Kieran und schwarz für Kellan.

Eine witzige Umkehrung, dachte sie, *des Lichts und der Dunkelheit*. Gott, sie waren ein wundervoller Anblick. Der

Moment endete, als Kellan sie auf ihre Füße zog und umdrehte. Seine Finger streiften ihren Nacken, als er ihr die Haare über die Schulter schob und langsam den Reißverschluss ihres Kleides öffnete.

Zwei Paar Hände schälten das Kleid von ihrem Körper. Ein Bruder öffnete und entfernte ihren BH, der andere schob ihren Slip ihre Beine hinab. Zwei Paar Hände erkundeten ihren nackten Rücken, Hintern und Hüften. Sie schloss ihre Augen und atmete zitternd ein, als ihre zwei Liebhaber ihre Brüste umfassten und drückten, ihre empfindlichen Brustwarzen zwickten und zwirbelten.

„Was gefällt dir, Sera?", raunte Kellan ihr ins Ohr.

„Ich...", begann sie und schüttelte dann den Kopf. Sie wusste es nicht. Es war zu viel. Sie wollte einfach alles, jede Berührung und Streicheln, jedes Flüstern an ihrer Haut... alles auf einmal, irgendwie.

„Dreh dich um", befahl Kieran ihr, dessen große Hände sie führten. Die Brüder bewegten sich, ohne zu sprechen. Kellan setzte sich auf die Bettkante und zog Sera nach unten auf seinen Schoß, das Gesicht Kieran zugewandt, der vor ihr stand. In ihren Bewegungen lag eine geübte Sanftheit, als hätten sie das schon mal gemacht, eine Partnerin auf diese Weise geteilt, aber Sera merkte, dass es sie nicht störte.

Sie konnte lediglich daran denken, dass sich Kellans langer, schwerer Penis an ihren Rücken presste. Dass Kellan ihre Brüste berührte und massierte, während Kieran Seras langen Vorhang aus Haaren aus dem Weg schob und nach hinten auf Kellans Schulter. Kieran umfing Seras Kiefer, seine raue Daumenkuppe streifte ihre Unterlippe und zog sie nach unten.

Seine Männlichkeit ruhte an seinem Bauch, dick und stolz, und er griff nach unten, um sich selbst zu massieren, ohne den Augenkontakt mit ihr zu unterbrechen.

Sie bog ihren Rücken durch und drückte ihre Brüste fester Kellans Berührung entgegen, während sie ihre Zunge ausstreckte, um über Kierans Daumen zu lecken. Ein tiefes Knurren entrang sich seiner Kehle und Sera schaute mit verhangenen Augen zu ihm hoch, während sie ihre Lippen um seinen Daumen legte, ihn in ihren Mund zog und aufreizend daran saugte.

„Fuck, Sera", knirschte Kieran. „Dein Mund fühlt sich so gut an. Wunderbar heiß und feucht. Ich kann es nicht erwarten, deinen fantastischen Mund um meinen Schwanz zu spüren, während Kellan deine enge kleine Pussy von hinten vögelt."

Sera stöhnte. Sein Dirty Talk setzte sie in Flammen.

„Oh, das gefällt dir?", wisperte Kellan ihr ins Ohr. Seine Lippen, die dabei über die empfindsame Haut ihres Halses glitten, ließen sie erschaudern.

„Mmmh, du bist ein böses Mädchen, nicht wahr?"

Kellans Hand verließ ihre Brust und wanderte nach unten und weiter, bis zwei dicke Finger ihre Schamlippen streiften. Sera stöhnte und ruckte mit den Hüften, verzweifelt und begierig nach mehr.

„Ich kann es nicht erwarten, hier von dir zu kosten", flüsterte Kieran, der ihre feuchte Spalte mit seinen Fingerspitzen erkundete. „Genau… hier?"

Er streichelte mit den zärtlichsten Berührungen über ihre Klitoris und Sera konnte einfach nicht anders. Sie spreizte ihre Knie weit und gewährte ihm besseren Zugang.

„Oh, das gefällt dir, hm?", fragte Kellan erneut. „Vielleicht wird dir mein Bruder etwas von dem geben, was du brauchst, Sera."

Kellan zog Sera zurück auf das Bett, sodass sie nach wie vor auf seinem Körper lag. Seine großen Hände spreizten ihre Schenkel und seine Lippen wanderten über ihren Nacken, während er seinen schweren, harten Schaft an ihren Pobacken rieb. Einen Augenblick war Sera verwirrt.

Dann sank Kieran vor ihnen auf die Knie und vergrub seinen Mund an ihrem pulsierenden Geschlecht, was sie zum Schreien brachte.

„Oh! Ja! Ja!", war alles, was ihr über die Lippen kam.

Kierans Lippen und Zunge stimulierten ihren Kitzler und trieben sie an den Rand des Wahnsinns. Als er zwei lange Finger tief in ihren engen Kanal schob, schrie Sera beinahe vor Vergnügen.

„Er muss dich vorbereiten, damit du meinen Schwanz aufnehmen kannst, Darling", wisperte Kellan, der ihre Nippel zwickte und zupfte, bis sie dachte, sie würde vor Verlangen sterben. „Ich möchte dich härter ficken, als du es jemals in deinem Leben erlebt hast und ich möchte, dass du alles annimmst und es liebst. Dieses Mal werde ich nur diese hübsche Pussy nehmen, während mein Bruder deinen Mund fickt. Aber nächstes Mal... nächstes Mal werden wir dich gemeinsam nehmen."

Als Kellan den letzten Teil aussprach, presste Kieran eine Fingerspitze gegen ihren Hintereingang und übte einen sachten, aber beharrlichen Druck aus, bis er seinen Finger immer tiefer hineinschieben konnte. Die Empfindung überreizte jeden einzelnen von Seras Nerven, der Orgasmus wurde ihrem Körper beinahe schmerzhaft entrissen, während sie ihr Vergnügen laut hinausschrie.

Keiner ihrer Gefährten verlangsamte sein Tun, nicht einen Moment.

Kieran erhob sich, während Kellan sich erneut aufsetzte, wobei er Seras plötzlich schwer gewordenen Körper stützte. Sera ließ sich von ihnen kontrollieren, ließ sich von Kellan so umdrehen, dass sie sich auf Händen und Knien befand. Kellan brachte sich hinter ihr in Stellung, Kieran vor ihr an der Bettkante.

„Mach den Mund auf, Darling", verlangte Kieran, sein Akzent so schmeichelnd wie Sirup.

Sera leckte über ihre Lippen und sah zu ihm auf, als er seine Faust um seine dicke Erektion schloss und sie ihr präsentierte. Ihre Lippen und Zunge weich und nachgiebig lassend, heftete sie ihren Blick auf Kierans Gesicht, während er seine Länge langsam in ihren Mund schob. Er legte eine Hand auf ihren Hinterkopf, veränderte den Winkel, bis sie ihn tiefer aufnehmen konnte, Stückchen für Stückchen.

„Fuck, Sera. Dein Mund... Götter, du fühlst dich so gut an. Ich werde nicht lange durchhalten können", fluchte er.

Er drang mit behutsamen Stößen in ihren Mund, führte ihre Bewegungen, machte den Großteil der Arbeit. Was gut war, da Sera spürte, wie Kellan ihre

Hüften packte und die dicke Spitze seiner Männlichkeit an ihrem Innenschenkel rieb. Er schob ihre Knie auseinander, positionierte sich an ihrem pochenden Eingang und neigte ihre Hüften dann mit seiner freien Hand im richtigen Winkel.

Er stieß tief in sie, füllte ihren Körper so gründlich wie Kieran ihren Mund und Kehle füllte. Sera stöhnte, ihre Körper dehnte sich lustvoll, um seine Größe aufzunehmen.

„Gefällt dir das, Darling? Dass dich zwei Gefährten gleichzeitig vögeln, dich zum Erbeben bringen, dich hart nehmen?", fragte Kellan.

Um diese Aussage zu verdeutlichen, begann er sich schneller, härter zu bewegen. Seras Augen rollten beinahe zurück in ihren Kopf, als Kellan wieder und wieder über ihr bereits empfindliches Fleisch glitt. Sie wollte seinen Namen rufen und stöhnen, aber sie konnte nichts tun. Sie beobachtete Kierans Gesicht, beobachtete, wie sich sein Körper anspannte, beobachtete, wie Schweiß auf seinem ganzen Körper ausbrach.

Ihre Gefährten brauchten sie auf diese Weise, brauchten ihren Körper. Brauchten die Erlösung.

Und Sera wollte sie ihnen schenken.

Sich auf eine Hand stützend, streckte Sera die andere aus, um sie auf Kierans nackten Hintern zu legen und ihn weiter zu sich zu drücken. Ihn zu ermutigen, seine Lust zu intensivieren.

„Fuck!", stöhnte er. Seine Erregung sorgte dafür, dass sich Hitze in Seras Unterleib sammelte. Die Spannung steigerte sich noch, als Kellan um sie griff, seine Finger auf ihre Klit presste und sie mit langsamen Kreisen massierte.

Sera explodierte abermals. Lust schoss heiß durch ihren Körper, die Empfindung ihrer zwei Gefährten, die sie zur gleichen Zeit vögelten, fluteten ihre Adern. Sie war sich nur vage bewusst, dass sich Kieran und Kellan anspannten, schrien und beide ihren Samen tief in ihr vergossen. Sie war zu überwältigt, um irgendetwas zu bemerken, zu überfüllt von Glückseligkeit und Hitze und Staunen.

Als Kieran und Kellan sie so positionierten, dass sie mit aufrechtem Oberkörper auf dem Bett kniete und jeder von ihnen neben ihr, biss sie auf ihre Lippe.

„Markiert ihr mich?", bat sie, obwohl sie bereits wusste, dass sie genau das zu tun beabsichtigten.

Zwillingsknurren grollte über ihre Lippen, als Kieran und Kellan ihre Zähne in die weiche Haut ihrer Halsbeuge gruben, jeder auf einer Seite. Der Schmerz war nichts im Vergleich zu dem glühenden Vergnügen, das in ihrer Brust erblühte, und dem Gefühl einer Verbindung, die sie vom Innersten ihrer Seele heraus wärmte.

Sie brachen als verschwitztes, nacktes Knäul zusammen, küssten sich und lachten und kuschelten. Es musste nichts mehr gesagt werden, sie genossen einfach die Gesellschaft der anderen.

Sera schlief schließlich ein, zwischen ihre zwei muskulösen Alpha Gefährten gekuschelt, und fühlte sich so geschätzt wie noch nie zuvor in ihrem Leben. Mehr als das sogar…

Sie fühlte sich mehr als begehrt. Sie fühlte sich *geliebt*.

13

Sera ließ ihre zwei Gefährten schlafend in Kellans Bett zurück. Obgleich es groß war, beanspruchten die Männer es vollständig für sich. Sera ertappte sich bei der Frage, ob sie wohl ihre momentane Wohnsituation beibehalten würden – jeder Zwilling mit seinem eigenen Zimmer und Seras in der Mitte. Würde sie je nach Stimmung zum einen oder anderen gehen oder würden sie sie sich immer teilen, wie sie es heute Nacht getan hatten?

Das würde sich erst noch zeigen. Sie

tappte den Gang hinab zu ihrem Zimmer, sich ihrer Nacktheit äußerst bewusst. Sie hatte noch nie einen anderen Wächter auf diesem Stockwerk gesehen, aber es könnte sie jemand von der Treppe aus sehen. Die Wächter und ihre Gefährtinnen waren zu den merkwürdigsten Stunden unterwegs. Jemand kam oder ging immer, aber heute Nacht war das gesamte Herrenhaus ruhig.

Seras Lippen zuckten, als ihr der Gedanke kam, dass die anderen Wächter vielleicht gerade versuchten, in Cassies und Gabriels Fußstapfen zu treten, ihr eigenes Baby zu bekommen... und eventuell fingen sie ja gerade in diesem Moment damit an, auf die altmodische Weise. Kopfschüttelnd ging sie in ihr Bad und zog einen Seidenpyjama und eine Robe an.

Du hast nur Sex im Kopf, sprach sie mit sich selbst, wobei sie vermutlich nicht allzu weit daneben lag. Die kleine Marie zu betrachten, hatte an etwas in

Seras Herz gerührt, nicht dass ihre biologische Uhr irgendeine Überraschung wäre. Sie tickte mittlerweile schon einige Jahre und das lautstark. In dem Moment, in dem sie ihre höchst stressige Assistenzzeit im Krankenhaus beendet hatte, war ihr Körper bereit und willig gewesen.

Sie stieg die Treppe nach unten, den Kopf in den Wolken.

Jetzt hatte sie alles, was sie brauchte, um sich ihrer tickenden Uhr zu ergeben. Die Gray Brüder waren das letzte Teil von Seras Puzzle. Nicht einer, sondern zwei Gefährten, die ein Baby lieben und umsorgen konnten. Ein Bild von Kieran und Kellan, die jeder ein Baby hielten, ein Zwillingspärchen genau wie sie selbst…

Das ließ Sera innerlich dahinschmelzen, zu einem fast schon beschämenden Grad.

„Am Träumen?"

Sera machte einen Satz und ihre Hand schnellte in die Höhe, um sich auf ihr Herz zu legen. Duverjay stand in der Küche, wo er einen großen Haufen Silberbesteck polierte.

„Sie haben mich erschreckt!", sagte sie mit einem verlegenen Lachen. „Schlafen Sie jemals?"

Sie neigte den Kopf zur Seite und musterte den Butler, der beeindruckenderweise immer noch perfekt gekleidet war in seinem konservativen Anzug. Erst da realisierte Sera, dass sie zwar den vagen Eindruck erhalten hatte, dass Duverjay ein Kith war, aber sie wusste nicht, was genau er war.

Ganz genauso wie bei ihrer eigenen ungewissen Herkunft.

„Das tue ich", versicherte er ihr. „Ich brauche jedoch viel weniger Schlaf als der Durchschnittsmensch. Nur ein oder zwei Stunden am Nachmittag, wenn das ganze Herrenhaus ruhig ist."

„Verstanden", sagte Sera mit einem Nicken. „Nun, ich wollte Sie nicht stören. Ich bin nur runtergekommen, um mir einige Bücher aus den Regalen hier unten anzusehen und vielleicht online ein paar Sachen nachzuschlagen."

„Sehr schön. Hätten Sie gerne etwas zu trinken, während Sie arbeiten? Kaffee oder Tee?", schlug Duverjay vor.

Sera schürzte ihre Lippen, dann lächelte sie.

„Sie haben nicht zufällig heiße Schokolade da, oder?", fragte sie.

Duverjays Gesicht verzog sich zu einem breiten Grinsen.

„Selbstverständlich, meine Dame."

Sera bemühte sich, nicht die Augen zu verdrehen, weil er sie so förmlich ansprach. Stattdessen bedankte sie sich bei dem Butler und ging zum Konferenztisch. Eine Ecke des Gemeinschaftsraumes wurde von hölzernen Bücherregalen, die sich vom Boden bis zur Decke erstreckten und mit Büchern zu allem Möglichen und Unmöglichen über Magie vollgestopft waren, eingenommen. Sera ließ sich

Zeit, durchstöberte alle Regale und wählte ein halbes Dutzend Wälzer aus, die sie am relevantesten für ihre Nachforschungen erachtete.

Duverjay brachte ihr ihre heiße Schokolade, die er hübsch auf einem Tablett zusammen mit einigen dänischen Butterkeksen arrangiert hatte.

„Sie sind ein böser, böser Mann", neckte sie ihn und grinste, als er sich abwandte und mit einem zufriedenen Lächeln ging.

Sera knabberte an einem Keks und nippte an der dekadenten heißen Schokolade, während sie sich in die Bücher vertiefte, die sie ausgewählt hatte. Das Erste blätterte sie jedoch ohne viel Erfolg durch. Haufenweise Erwähnungen verschiedener Wesen, ein riesiger Abschnitt, der einem *Djinni* gewidmet war, was zum Geier das auch war, aber nichts über Phönixe.

Das zweite Buch enthielt immerhin ein hübsch illustriertes Bild eines

Phönix', ein umwerfender Vogel in der Farbe von Juwelen, der in einer hell aufflackernden blauen Flamme stand. Nachdem sie die darunter stehenden Informationen überflogen hatte, kam sie schnell zu dem Schluss, dass das nicht das war, wonach sie suchte. Sie war immerhin kein verdammter Vogel, sie war nur…

Ein Rätsel.

Das zweite Buch mit einem Seufzen von sich schiebend, machte sie weiter. Das dritte und vierte waren eine Pleite, was sie frustrierte. Vielleicht war sie verrückt, dass sie diesem Hinweis nachging, der auf dem Wort irgendeines alten Kith-Mannes fundierte, der den ganzen Tag im French Quarter herumhing. Sie wusste rein gar nichts über ihn. Er hätte sich das alles auch genauso gut ausgedacht haben können.

Der Enthusiasmus in seinen Augen hatte allerdings… aufrichtig gewirkt. Die Nase rümpfend, schnappte sich Sera das fünfte Buch von ihrem Stapel, ein gigantisches in Leder gebundenes Buch, auf dessen Cover *Mythen* stand. Keine andere Beschreibung oder Untertitel, aber es wirkte sehr viel älter als die meisten Bücher der kleinen Bibliothek des Herrenhauses, was der Grund war, warum sie danach gegriffen hatte.

Als sie den knarzenden braunen Buchdeckel aufschlug, musste sie jedoch leider feststellen, dass das gesamte Werk auf französisch war. Sera hatte sogar den leisen Verdacht, dass es sich dabei nicht einmal um modernes Französisch handelte, soweit sie das nach den unbekannten Buchstaben und der merkwürdigen Anordnung der Worte beurteilen konnte.

Sera stöhnte und schob das Buch von sich. Dann presste sie ihre Handballen auf ihre Augen. Sie sollte einfach zurück nach oben gehen und versuchen, noch etwas Schlaf zu finden und diese ganze Sache zu vergessen.

„Kann ich Ihnen zu Diensten sein?", fragte Duverjay, womit er Sera zum zweiten Mal in dieser Nacht einen riesigen Schrecken einjagte.

„Ah, keine heiße Schokolade mehr", antwortete sie, ließ ihre Hände sinken und sah zu dem Butler hoch, wobei sie sich bemühte in einem lässigen Tonfall zu sprechen. „Und ich würde liebend gern noch mehr Kekse essen, aber ich möchte morgen nicht die ganzen Kalorien wegjoggen müssen."

„Wie Sie wünschen, Ma'am, aber ich meinte eigentlich das Buch", erklärte er und deutete auf die *Mythen*.

„Es ist in französisch", sagte Sera.

„Ich weiß. Das Buch gehört mir", erwiderte Duverjay und zog eine Braue hoch.

„Sie lesen uraltes Französisch?", fragte sie, während ihr Gesicht ganz heiß wurde. „Es tut mir so leid, ich hatte ja keine Ahnung."

„Es ist tatsächlich Altes

Französisches und ja. Gibt es etwas Spezielles, nach dem Sie suchen?"

„Ja. Ich suche nach Informationen über Phönixe. Nicht die Vögel", fügte sie hastig hinzu. „Die, ähm...Wesen. Menschen."

Duverjay sagte dazu nichts oder reagierte auch nur.

„Ich denke, da habe ich genau das Richtige", verkündete er und deutete auf den Platz ihr gegenüber. „Wenn ich darf."

„Natürlich, ja, bitte", sagte sie. Diese Diener-Herrin Geschichte brachte sie immer noch aus dem Konzept. Das war etwas, woran sie sich wahrscheinlich nie gewöhnen würde. Als Ärztin gab sie Anweisungen und leitete wichtige Operationen, aber sie glaubte auch daran, so zu handeln, als würde sie ihren Patienten *dienen*. Immerhin stand deren Wohlbefinden an erster Stelle.

Während sie damit beschäftigt war, darüber zu philosophieren, dass ein Butler zum Personal der Wächter gehörte, setzte sich Duverjay und blätterte die Seiten des Buches mit größter Sorgfalt um.

„Ah, hier haben wir es", verkündete er. „Der Phönix."

Er betrachtete die Seite einen langen Moment, bevor er anfing. Seras Herz begann ein wenig schneller zu schlagen und ihr Mund wurde trocken. Neugier nagte an ihrem Inneren.

„Der Phönix ist ein unsterbliches Wesen, das eintausend oder mehr Leben lebt. Sie existieren seit der Antike, sind Söhne und Töchter der Söhne und Töchter der Götter. Wie viele mächtige Kreaturen wurden sie beinahe bis zur völligen Auslöschung gejagt wegen dem, was sie anderen verschaffen können. Die Kräfte des Phönix' sind nichts Gewöhnliches, da sie nur einmal alle dreißig Jahre in Erscheinung treten. Im dreißigsten Lebensjahr, während des vollsten Mondes, erhebt sich ein Phönix und verwandelt sich, wodurch er Portale zu anderen Reichen öffnet und viele unmöglichen Dinge möglich macht… aber nur während sich der Phönix in der Phase zwischen der Erhebung und dem Verbrennen befindet. Nachdem der Phönix gebrannt hat, ersteht er aus der Asche wieder auf, vollständig geformt und erwachsen, aber anders als jede Person, die er zuvor war. Dann beginnt der Kreislauf von neuem. Leben, erheben, verbrennen, regenerieren." Er hielt inne. „Das ist das Ende des Artikels, meine Dame."

Duverjay sah von dem Text auf, dann drehte er das Buch um und schob es zu Sera. Dort auf der Seite war eine Skizze, der geschwungene Umriss einer Frau, die ihre Hände in die Luft warf, als würde sie neue Kraft tanken. Überall um sie herum waren Flammen, aber ihr Gesichtsausdruck war fröhlich. Keine Angst, kein Schmerz, kein Kummer.

Strahlend war das Wort, das einem in den Sinn kam.

„Wow", war alles, was Sera dazu einfiel.

„In der Tat." Duverjay erhob sich, schob den Stuhl wieder zurück an seinen Platz und verbeugte sich leicht. „Geben Sie mir Bescheid, wenn ich Ihnen anderweitig behilflich sein kann."

Seras Gedanken wirbelten wild durcheinander, doch sie zwang sich dazu, das letzte Buch zu öffnen und jedes noch so kleine Detail unter die Lupe zu nehmen, auch wenn es keine weiteren Informationen von Wert enthielt.

Dreißig Jahre. Der vollste Mond. Erheben, verwandeln, brennen...

Sie konnte es kaum verarbeiten und nachdem sie all die Informationen einige Male durchgegangen war, war sie sich nicht sicher, was sie mit dem, was Duverjay ihr vorgelesen hatte, *tun* sollte. Immerhin war es eine einzige Jahrhunderte alte Quelle, deren Herkunft unbekannt war. Je nach dem, wie alt der Text wirklich war, war es durchaus möglich, dass die Leute, die ihn verfasst hatten, auch gedacht hatten, die Erde sei eine Scheibe.

Hinzu kam, dass Sera vor fast acht Monaten dreißig geworden war. Ihr dreißigstes Jahr war beinahe vorbei und unter den acht Monden, die sie in diesem Jahr erlebt hatte, war doch bestimmt schon der vollste gewesen. Passierte das nicht im Sommer, wie heidnische Fruchtbarkeitsfeste und dergleichen?

Sera konnte sich nicht erinnern. Trotzdem war sie sich sicher, dass es nur Aberglaube war. Sie würde einfach weitere Nachforschungen anstellen und nach etwas suchen müssen, dass die Behauptungen der *Mythen* belegte oder widerlegte. Bis dahin wäre jede Maßnahme, die sie ergriff vergleichbar damit, nach Strohhalmen zu greifen und Hirngespinsten hinterherzujagen.

„Duverjay?", rief sie, während sie aufstand und anfing, die Bücher zurück in die Regale zu stellen.

„Ma'am?", sagte er und tauchte um eine Ecke auf.

„Wäre es in Ordnung, wenn ich Sie darum bitten würde, dass diese Nachforschungen unter uns bleiben? Ich bin mir noch nicht ganz sicher, was das Ganze zu bedeuten hat." Sie biss auf ihre Lippe in dem Versuch, so unschuldig wie möglich auszusehen.

Nach einem Moment nickte er.

„Selbstverständlich, meine Dame."

„Dankeschön, Duverjay. Ich gehe wieder ins Bett", sagte sie, nahm das Tablett mit ihrer heißen Schokolade und reichte es ihm.

„Schlafen sie gut, Ma'am."

Sera nickte und schenkte ihm ein kurzes Lächeln, dem es jedoch an Wärme fehlte. Was er vorschlug war unmöglich, während all diese neuen Ideen in ihrem Kopf umherschwirrten.

Schlaf würde heute Nacht Seltenheitswert haben.

14

„Haben sich Cassie und das Baby gut eingewöhnt?"

Sera sah von ihrem Arm voller Bücher auf und entdeckte, dass Kieran in dem kleinen Wohnzimmer, das sie sich teilten, auf sie wartete. Er dominierte den Polstersessel, in dem er saß, die Beine verschränkt, während er darin fläzte, das Kiefer entschlossen zusammengepresst.

Kein gutes Zeichen, auch wenn Sera nicht wusste, weswegen er aufgebracht war.

„Das haben sie", sagte sie und ließ

den Bücherstapel auf den einzigen Tisch im Raum fallen. Sie lief zum Kamin, froh darüber, dass er entzündet worden war und jetzt brannte, und streckte ihre Hände aus, um sie daran zu wärmen.

Kellan schlenderte in den Raum und bedachte sie mit einem anerkennenden Blick von oben bis unten. Immer noch sagte keiner ihrer Gefährten etwas. Nach einigen weiteren Momenten machte das Sera nervös.

„Was?", fragte sie, drehte sich um und beäugte sie beide.

„Ich hab nichts gesagt", erwiderte Kellan gedehnt, aber sie konnte sehen, dass ihn etwas beschäftigte.

„Spuckt es einfach aus. Wozu habt ihr zwei euch verschworen?"

Kellan schnaubte, aber Kieran schluckte den Köder.

„Wir möchten, dass du dir eine längere Auszeit von der Arbeit nimmst", sagte er.

„Nein", erwiderte sie einfach.

„Sera…", begann Kellan.

„Ihr zwei benehmt euch lächerlich. All dieses Gerede von Prophezeiungen und Gefahr, aber nichts davon wirkt auch nur real. Ich gehe zurück zur Arbeit. Und zwar morgen. Ich habe im Krankenhaus angerufen und mich in den Dienstplan aufnehmen lassen."

Kieran erhob sich, sein Gebaren ein Spiegelbild von Kellans ebenso ablehnender Haltung. Sera verschränkte die Arme und starrte unbeeindruckt zurück, ohne mit der Wimper zu zucken.

„Tut das nicht", sagte sie und deutete im Gegenzug auf sie beide. „Ihr seid meine Gefährten. Ihr seid nicht meine Gefängniswärter oder meine Daddies oder was auch immer. Ich habe die Kontrolle über mein eigenes Leben, Jungs."

„Aber wir haben doch sicherlich ein Wörtchen mitzureden, wenn es um deine Sicherheit geht", wandte Kieran ein, dessen Frustration offenkundig war. „Du kannst nicht einfach – "

„Stopp. Es ist fast einen Monat her, seit ihr mich hierhergebracht habt. Ich habe brav mitgespielt, bin hier im Herrenhaus geblieben und habe euch den Kurs bestimmen lassen. Das war einfach zu lange. Tatsächlich habe ich sogar eine Nachricht von meinem Vermieter bekommen, in der er mich darum bittet, mein Auto fortzuschaffen, das die ganze Zeit einfach nur dort an der Straße stand."

„Und hast du deinen Mietvertrag gekündigt, wie wir es besprochen haben?", wollte Kellan wissen.

„Das habe ich. Ich habe ein paar Wochen, um meine Sachen umzuziehen, aber ich werde jetzt dort hingehen, um ein paar meiner wichtigeren Erinnerungsstücke zu holen. Und einige tauglichere Arbeitsklamotten, da alles, was ich hier habe, Designerkleider zu sein scheinen."

„Sie sehen toll an dir aus", erwiderte

Kellan achselzuckend, wobei seine Augen ihren Körper hoch und runter glitten und das enganliegende graue Sweatshirtkleid bewunderten, das sie anhatte.

„Sie sind allerdings nicht gerade praktisch für die Arbeit in der Notaufnahme."

„Dann geh nicht", sagte Kieran, aber sie merkte, dass er sie jetzt lediglich neckte. Er streckte seine Hand aus und schnappte sich ihre, zog sie zu sich und fast auf seinen Schoß. „Kannst du bis morgen damit warten, zu deinem Apartment zu gehen? Auf diese Weise kann einer von uns dich begleiten. Außerdem fallen mir bessere Dinge ein, mit denen wir uns die Zeit vor unserer Patrouille vertreiben können."

Kieran streichelte mit einem Finger von ihrem Schlüsselbein zu der Spitze ihrer Brust, durch ihren BH und Kleid, und Sera erschauderte. Kellan trat näher zu ihr, eine seiner großen Hände schloss sich um ihre Hüfte und drückte sie sanft.

„Mmmmh", sagte sie und schüttelte den Kopf, sogar als Kellan ihren Nacken küsste. Kierans Finger streiften ihren Innenschenkel gerade auf Höhe ihres Knies, wanderten höher, höher, höher...

„Jungs, nein. Wir haben alle Dinge zu tun. Nach eurer Patrouille ist das eine ganz andere Geschichte. Aber gerade jetzt habe ich etwas zu tun."

Sie wich von ihnen zurück und versuchte, nicht zu erröten, als sie das glühende Verlangen in ihren Blicken entdeckte.

„Heute Abend", versprach sie, unfähig, das Lächeln auf ihren Lippen zurückzuhalten. „Und ihr zwei werdet eure Patrouille noch zu spät beginnen, wenn ihr jetzt nicht geht."

Kieran und Kellan tauschten einen Blick aus.

„Na schön", sagte Kellan und schüttelte den Kopf. „Aber mir gefällt das nicht."

Kieran zog nur eine düstere Miene.

„Das muss es auch nicht", entgegnete Sera in bemüht lockerem Tonfall. „Alles wird gut werden. Lasst uns gemeinsam nach unten gehen."

Sie verabschiedete sich an der Eingangstür des Herrenhauses von ihren Gefährten, da sie dort hinausgehen würde. Sie kramte ihr Handy heraus und rief ein Uber, in dem sie eine ruhige Fahrt zur ihrem MidCity Apartment verbrachte.

Nachdem sie dort angekommen war, schaffte sie es in weniger als zwei Stunden sämtliche dringend benötigten Sachen einzupacken und die Kartons in ihr Auto zu laden. Während sie sich zwischen ihren restlichen Möbeln in ihrem merkwürdig nackten Apartment umsah, schürzte sie die Lippen. Was sollte sie mit dem Rest machen? Vielleicht sollte sie Umzugshelfer engagieren und einfach alles einlagern lassen, für den Moment.

Aber wenn das nur für den Moment

war, was würde später kommen? Das Herrenhaus war nicht ihr Zuhause, nicht im längerfristigen Sinne. Sie stellte beschämt fest, dass sie sich keine richtigen Gedanken über die Situation gemacht, geschweige denn mit Kieran und Kellan über ihre Zukunftspläne nach ihrer Zeit bei den Wächtern gesprochen hatte. Einfach ausgedrückt, sie war zu berauscht von Liebe und Sex gewesen, um viel Zeit darauf zu verwenden, *irgendetwas* zu durchdenken. Das war so untypisch für sie!

Während sie darüber nachgrübelte, trat Sera aus ihrem Apartment und schloss es ab. Sie überquerte die Straße auf dem Weg zu ihrem Auto, wobei sie im Kopf ihre To-Do-Liste durchging. Sie hatte gerade den Türöffner betätigt, als sie Reifenquietschen hörte.

Den Kopf umdrehend, entdeckte sie einen weißen Van, der in Höchstgeschwindigkeit um die Ecke der ruhigen Nebenstraße bog, in der sie geparkt hatte. Sera presste sich so dicht wie möglich an ihr Auto, weil sie dachte, der Fahrer wäre betrunken oder hätte vielleicht die Kontrolle über sein Fahrzeug verloren.

Als es nur wenige Meter entfernt von ihr schlitternd anhielt, drehte sich Sera um und riss hektisch an ihrer Tür, um diese zu öffnen. Die Schiebetür des Vans glitt langsam auf und ihr Herz hämmerte in Reaktion darauf. Sie hatte keine Ahnung, was passierte, nur dass irgendetwas ganz und gar nicht stimmte. Ihr war es gerade gelungen, in ihr Auto zu springen, als eine Gestalt in einer dunklen Robe die Autotür direkt aus den Angeln riss und nach innen griff, um Seras Arm zu packen.

Es braucht drei der gesichtslosen, mönchähnlichen Angreifer, um sie aus ihrem Auto zu zerren. Sera schrie aus voller Kehle und sah sogar jemanden, der auf der Straße vorbeilief und sich umdrehte, um, was anscheinend ihre Entführung war, zu beobachten. Der

Fremde zückte sein Handy, aber Sera verlor ihn aus den Augen.

Ein dunkles Stoffstück wurde ihr über den Kopf gezogen und ihre Hände gefesselt. Dann hoben ihre Angreifer sie hoch und warfen sie so mühelos wie einen Müllsack in den Van. Ihr Kopf krachte heftig gegen etwas und jeglicher Kampfgeist verließ sie.

Lass dich niemals von einem Angreifer zu einem anderen Ort bringen, hallte es durch ihren Kopf. Der Rat war jetzt nutzlos.

Ihr Kopf schmerzte und einen Moment dachte sie, sie würde sich übergeben müssen. Sie schloss ihre Augen und atmete mehrmals tief ein in dem Bemühen, nicht zu reagieren, als ein Paar eiskalter Finger ihren Hals streifte und ihren Puls überprüfte.

Lass sie denken, du bist bewusstlos, ermahnte sie sich selbst. *Das ist der einzige Vorteil, den du dir momentan verschaffen kannst.*

Sera zwang sich dazu sich zu

entspannen und konzentrierte sich darauf, nach allem zu lauschen, was sich in ihrer Nähe befand in dem Versuch, so viele Details wie nur möglich über ihre Umgebung in Erfahrung zu bringen. In kurzer Abfolge stoppte der Van und sie wurde hochgehoben und abermals getragen.

Nach einer Minute, in der sie auf und ab hüpfte, weil sie wie ein Sack Kartoffeln über jemandes Schultern lag, landete Seras Hinterteil auf einem Metallstuhl. Kalte Hände lehnten sie nach hinten, brachten ihre Hände in Position und befestigten sie mit metallenen Handschellen an dem Stuhl.

Dann, Stille. Eine lange Zeit hörte Sera nichts außer dem Geräusch ihres eigenen Atems. Ihr Herz trommelte in ihrer Brust und schon bald fühlte sie eine Träne über ihre linke Wange kullern.

Das war die schlimme Sache, die Cassie prophezeit hatte. Genau an dem Tag, an dem sie ihren Gefährten verkündet hatte, sie sollten endlich aufhören, sich Sorgen zu machen und ihr ihre Unabhängigkeit lassen, passierte *es*. Was genau hatte Cassie nochmal gesagt?

In Fetzen gerissen.

Sera erschauderte und ein leises Wimmern entwich ihren Lippen.

„Ah, du bist wach", erklang eine tiefe Bassstimme. Starker Akzent, exotisch. Französisch, aber mehr als das. „Nehmt die Haube ab."

Der dunkle Stoffsack wurde von ihrem Kopf gerissen und sie verzog das Gesicht im hellen Nachmittagslicht. Sie saß in einer Art großer, verlassener Lagerhalle, in die durch mehrere Löcher im Dach die Sonne schien.

Ein großer, fast schon skelettartiger Mann stand vor ihr, seine ebenholzfarbene Haut schien zu glühen. Seine Augen lagen in tiefen Höhlen, auch wenn das Weiße schockierend hell war. Sein Lächeln war ebenfalls so weiß, dass es beinahe leuchtete. Er trug einen maßgeschneiderten weißen Anzug, inklusive blutroter Krawatte und Anstecktuch und spitzen Lederschuhen.

„So, das ist besser", sagte er, beinahe zu sich selbst.

„Wer sind Sie?", platzte es aus Sera heraus, die vor der Lautstärke ihrer eigenen Stimme zurückzuckte. Ihr Kopf pochte noch immer und alles klang ein bisschen zu laut.

„Wer ich bin?", fragte er grinsend. „Papa Aguiel, natürlich. Deine Freunde, die Wächter, haben dir doch bestimmt von mir erzählt, kleiner Vogel."

Jetzt, da sie ihm beim Sprechen zusah, war sich Sera ziemlich sicher, dass er mit einem haitianischen Akzent sprach. Nach dem wenigen zu schließen, das sie über Papa Aguiel wusste und das von den Gefährtinnen der anderen Wächter und in einigen mitternächtlichen Recherche-Sessions zusammengetragen worden war, würde haitisch Sinn machen.

Der Mann beobachtete sie einige Augenblicke, als würde er sie einschätzen. Er lief in einem großen Kreis um sie, musterte sie von Kopf bis Fuß. Etwas an der Art, wie er lief, deutete darauf hin, dass er ein Humpeln verbarg. Seine eingefallenen Wangen und glasigen Augen führten Sera zu der Annahme, dass er krank war.

Konnte jemand wie Papa Aguiel, ein Vodun Loa, der irgendwie lebendig geworden war, krank *sein*?

„Ja, du wirst den Zweck erfüllen", stellte er fest. Wieder schien er genauso sehr mit sich wie mit ihr zu reden. „Ich dachte, du würdest dich während des Vollmondes verstecken und mir alles verderben… Als ich hörte, dass du auf dem Graumarkt warst, mit deinen zwei Wächtergefährten herumflaniert bist… Da dachte ich, jetzt ist sie gewiss für mich verloren."

Sera antwortete nicht. Sie beobachtete ihn nur mit einer, wie sie hoffte, stoischen Miene. Er gluckste und strich mit einer Hand über die Vorderseite seines Anzugs.

„Dennoch bist du hier, kleiner Vogel. Ein Phönix, die einzige Kreatur, die mich für immer im Reich der Sterblichen verankern kann. Was für ein hübsches Gefäß du bist, Serafina."

„Wovon zum Henker sprechen Sie überhaupt?", fragte Sera, deren Neugier ihren Unwillen, mitzuspielen, besiegte.

Papa Aguiel sprach weiter, als hätte sie nichts gesagt.

„Wenn ich deinen Körper in Besitz nehme, wirst du mir wie ein Handschuh passen. Während ich das Reich der Menschen erobere und regiere, wirst du auch da sein, denke ich. Irgendwo innen drin." Er legte den Kopf schräg, als würde er einem geheimen Laut lauschen. „Manchmal kann ich dieses Gefäß hören, das, welches mich momentan beherbergt, ganz tief in seinem Inneren. Meistens schreit es. Ich hoffe, du wirst nicht so viel schreien wie dieses, Serafina."

Seras Mund klappte auf, doch darauf wusste sie nichts zu erwidern. Ihr ganzer Körper begann zu zittern, als ihr die Bedeutung seiner Worte klar wurde. *In Besitz nehmen... Gefäß... schreien...*

Götter, er beabsichtigte, ihren Körper zu übernehmen? Anscheinend würde es nicht einmal das erste Mal für den Loa sein.

„Ehrlich gesagt, wirst du größeres Glück haben, als du denkst", informierte er sie, sein Tonfall gelassen und ruhig, als wären sie zwei Fremde in der Straßenbahn, die sich über das Wetter unterhielten. „Du wirst alles mit eigenen Augen sehen. Die Flüsse, die sich von Blut rot färben, der Himmel, der schwarze Tränen weint. Die menschliche Rasse, die auf ihre Knie fällt und sich ihrem neuen Meister ergibt... Ja, das wird ein wahrhaft denkwürdiger Anblick. Und du, liebe Serafina, du wirst all das möglich machen."

„Ich?", fragte Sera und zuckte zusammen. „Warum ich?"

„Weil du der letzte Phönix bist und das einzige Wesen, das mächtig genug ist, um als mein Gefäß zu dienen und meinen Geist für immer zu beherbergen. An diesem Vollmond wirst du dich erheben und brennen, deine Gestalt ablegen. In diesem Moment werde ich deine Stelle einnehmen und meine endgültige Gestalt annehmen."

Er hielt inne, dann blickte er Sera direkt in die Augen.

„Es wird spektakulär werden."

Mit diesen Worten machte er auf dem Absatz kehrt und ließ sie allein, gefesselt und entsetzt.

Sera ließ ihren Kopf hängen, unfähig, auch nur einen Finger zu krümmen, um ihr eigenes Leben zu retten.

15

Kieran blickte von den schmutzigen Pflastersteinen, die die Pirate's Alley im French Quarter säumten, hoch und ließ seinen Blick einmal über Kellan schweifen. Sein Bruder war ungewöhnlich schweigsam, als sie ihre Patrouille für den Abend etwas früher als üblich beendeten. Es war beinahe elf Uhr abends und das gesamte Quarter war unter dem nebligen, mondbeschienenen Himmel verdächtig ruhig. Selbst die menschlichen

Touristen wirkten gehemmt, fast schon schläfrig. Wenn die erste Nacht des Vollmonds auf ein Wochenende fiel, wie es heute Nacht der Fall war, krochen normalerweise alle Verrückten und Betrunkenen und paranormale Kreaturen aus ihren Löchern und verursachten ein gewaltiges Chaos.

„Selbst die Pirate's Alley ist verlassen? Da brat mir doch einer nen Storch", sagte Kieran und schüttelte den Kopf. „Ich habe noch nie einen so zahmen Vollmond wie diesen erlebt."

„Mir gefällt das nicht", war Kellans einzige Antwort.

Kieran nickte. Er fühlte sich erschöpft, als hätte er einen langen Kampf hinter sich... allerdings hatten sie lediglich einen Dämon ausgeschaltet. In seinem Hinterkopf befand sich auch noch die nagende Sorge um Sera. Sie hatte ihn paranoid genannt, aber Kieran hatte einfach ein *Gefühl*, als würde irgendetwas schief gehen. Dieses Bauchgefühl hatte ihn mittlerweile schon tausende Male gerettet und er versuchte so gut wie er konnte darauf zu hören.

Wenn er doch nur den Finger auf das Problem legen, die Sache bestimmen könnte, die ihm Sorge bereitete. Dieses allgemeine Unwohlsein und nagende Sorge waren untypisch für ihn.

Als Kellan gähnte und vorschlug, auf dem Rückweg zum Herrenhaus einen Kaffee zu holen, machte irgendetwas in Kierans Gehirn 'Klick'.

„Es ist ein Zauber", sagte Kieran, wobei er dem Drang widerstehen musste, sich selbst gegen dir Stirn zu schlagen.

„Was?", fragte Kellan, der ein weiteres Gähnen unterdrückte.

„Das", erwiderte Kieran und deutete direkt nach oben. „Der Nebel. Das ist ein Zauber. Deswegen sind wir beide müde und nervös. Deswegen ist heute

Abend kaum jemand auf den Straßen unterwegs. Jemand möchte, dass heute Nacht alle in ihren Häusern bleiben und sich um ihren eigenen Kram kümmern. Wohl eher, demjenigen nicht in die Quere kommen."

„Götter, du hast recht", sagte Kellan. „Ich kann nicht fassen, dass ich das nicht gesehen habe."

„Ich denke, das könnte auch Teil des Zaubers sein." Kieran blickte mit zusammengekniffenen Augen zu dem dünnen, trüben Nebel hoch. „Es ist wirklich clever gemacht. Das macht mir die größte Sorge."

„Wir müssen zurück zum Herrenhaus", sagte Kellan. „Beim letzten Block stand ein Polizeiwagen. Lass uns dorthin zurückgehen und uns von einem Officer zurückfahren lassen."

Kieran nickte und folgte Kellan. Nachdem sie dem Officer ihre Wächterausweise gezeigt hatten, erhielten sie die schnellste Heimfahrt aller Zeiten.

„Dankeschön, Officer", sagte Kieran, als sie vor dem Herrenhaus ausstiegen.

„Gute Nacht, Gentlemen", verabschiedete der Polizist sich und neigte den Kopf. Für den Bruchteil eines Augenblicks blitzten die Iriden des Officers leuchtend gelb auf, seine subtile Art, sich als Kith zu outen.

„Bleiben Sie heute Nacht in Alarmbereitschaft", sagte Kieran. „Etwas geht vor sich, auch wenn ich nicht weiß was."

Der Officer salutierte und fuhr dann davon.

„Kieran!" Kellan stand in der Eingangstür und wartete darauf, dass sein Zwilling zu ihm aufschloss. „Sera ist heute Abend nicht nach Hause gekommen."

„Hast du versucht, sie anzurufen?", fragte Kieran.

Sein Zwillingsbruder nickte. „Keine Antwort."

„Fuck."

„Hey, da seid ihr Jungs ja", sagte

Echo aus der Eingangshalle. „Kommt rein, ich muss mit euch beiden reden."

Kieran und Kellan traten ins Haus, ganz gespannt darauf, was Rhys' Gefährtin ihnen mitzuteilen hatte.

„Mere Marie meinte, ihr würdet nach Sera suchen", begann Echo. „Was witzig ist, da ich gerade einen Tipp zu ihr bekommen habe. Ich ziehe mir schon seit einer Weile diesen Securitykerl vom Graumarkt als Informanten heran und jetzt hat er mir eine Nachricht zukommen lassen. Er wurde für einen Job angeheuert, soll für einen Privatmann in der Security arbeiten. Soll für irgendeinen gruseligen haitianischen Kerl arbeiten, sagt er. Kommt euch das bekannt vor?"

„Was ist mit Sera?", fragte Kellan, in dessen Stimme eine Menge Frust mitschwang.

„Stimmt, sorry. Der Securitykerl sagte, er ist Sera vor einer Weile begegnet, sah sie mit euch beiden auf

dem Graumarkt. Anscheinend beinhaltet der Job, den er machen soll, eine Gefangene zu überwachen und die Frau, die sie bewachen, sieht Sera verdammt ähnlich. Anscheinend lässt der Boss auch ordentlich etwas springen für diesen Job."
„Wir müssen es wenigstens überprüfen", sagte Kieran.
„Hat Echo euch informiert?", fragte Rhys, der sich gerade zu ihnen stellte.
„Ja. Warum bist du nicht in Montur und kampfbereit?", fragte Kellan.
„Wir sind schon mal in diese Falle getappt, haben alle Wächter an einen Ort geschickt und das Herrenhaus und den Rest der Stadt ohne Schutz gelassen", seufzte Rhys. „Gabriel und ich werden hierbleiben und die Stellung halten. Asher und Aeric werden mit euch gehen, um die Situation zu untersuchen. Die Adresse, die uns Echos Informant genannt hat, liegt gerade die Straße hoch im 7th Ward. Also können wir euch problemlos

erreichen, falls es nötig ist. Und umgekehrt", erklärte Rhys.

Asher marschierte in die Eingangshalle, Aeric dicht auf den Fersen.

„Wir sind bereit. Duverjay wartet auf dem Parkdeck auf uns", sagte Aeric und nickte zum hinteren Teil des Hauses. „Wir müssen uns darum kümmern und zwar jetzt. Es ist nur noch eine halbe Stunde bis Mitternacht und die wird nicht umsonst Geisterstunde genannt. Das ist der Zeitpunkt, wenn alles zum Teufel geht."

„Einverstanden. Wir schnappen uns auf dem Weg nach draußen noch mehr Munition", sagte Kellan.

Die Männer verließen das Haus, wobei sie Rhys versprachen, dass sie mit ihm in Kontakt bleiben würden. Nach einer haarsträubenden Fahrt zu einer halb verlassenen Nachbarschaft, die Kieran noch nie besucht hatte, hielten sie an einem Block baufälliger, leerstehender Lagerhäuser und stiegen aus.

„Genau hier auf der linken Seite", sagte Asher und deutete. „467 Port."

„Witzig, verstärkte Stahltüren an einem Haus zu sehen, das aussieht, als wäre das halbe Dach eingekracht", stellte Kieran fest.

„Wir sollten um die Seite herumlaufen und durch ein Fenster einbrechen", lautete Aerics Vorschlag.

Sie schlichen auf leisen Sohlen in eine dunkle, enge Nebengasse. Kellan entdeckte ein Fenster, dem bereits eine Scheibe fehlte, und bedeutete allen, sich bereit zu machen. Kieran hielt eine Hand hoch und bat sie, zu warten. Er drückte seine bloße Handfläche auf das übrige Glas und gefror es zu Eis, was ihr Eindringen etwas sicherer machte.

Asher stemmte Kellan nach oben und Kellan schlüpfte so leise wie möglich durch das Fenster, dann verschwand er hindurch. Kieran folgte als Nächstes, dicht gefolgt von Asher und Aeric. Als Kierans Füße den abgewetzten Betonboden des riesigen leeren Raumes berührten, entdeckte er Sera sofort.

Tatsächlich war sie unmöglich zu übersehen.

Am gegenüberliegenden Ende des Lagerhauses standen zwei Gestalten. Eine war ein dunkelhäutiger Mann in einem Anzug, der nur Papa Aguiel sein konnte. Die andere Gestalt stand auf etwas, das wie ein Steinaltar aussah, den Kopf zurückgeworfen und die Arme weit gespreizt. Sera.

Und sie *leuchtete*. Hell, strahlend weiß, während ihr Körper von leuchtendem Blau umrissen wurde. Ihre Haare waren eine einzige schwarze Flamme und sie trug eine dünne, weiße, zeremonielle Robe, die wie klares, seidiges Wasser über ihren kurvigen Körper floss.

Zwischen den Wächtern und Sera befanden sich mindestens zwei Dutzend Vodunpriester in schwarzen

Kutten und sie hatten sich bereits in Bewegung gesetzt, um sie anzugreifen.

Selbst von hier konnte Kieran die Hitze spüren, die Sera ausstrahlte.

„Phönix", hörte er Aeric flüstern. „Ich dachte, sie wären alle ausgestorben."

„Auf in den Kampf!", sagte Kellan und stürzte nach vorne.

„Warte! Sie wird brennen. Es gibt keine Möglichkeit, wie wir das verhindern können", sagte Aeric. „Sie wird ihre Gestalt ablegen. Ich weiß nicht, was Papa Aguiel vorhat, aber wir müssen uns darauf konzentrieren, ihn zu stoppen und ihn von dem abhalten, was auch immer er plant."

„Was ist mit Sera?", fragte Kieran.

„Es tut mir leid, ich… ich weiß es nicht", antwortete Aeric und zog sein Schwert.

Der Klang des Stahls hallte laut durch die dicke, stille Luft, als die Wächter ihre Waffen zogen und sich Papa Aguiels Untergebenen stellten.

Obwohl Kieran und die anderen Wächter nur wenige Minuten brauchten, um den Großteil der Angreifer aus dem Weg zu räumen, schien ihnen die Zeit ausgegangen zu sein.

„Zu spät!", krähte Papa Aguiel, der ein kleines schwarzes Objekt hochhielt. Eine Fernbedienung? „Es ist Mitternacht. Zeit, dem hübschen kleinen Vogel beim Brennen zuzusehen."

Er drückte auf einen Knopf und ein Panel in der Decke glitt zurück, sodass sich Mondlicht auf den Altar ergoss, auf dem Sera stand. Sie schrie auf, als ihr ganzer Körper in einer wilden, weißen Flamme aufging, die sie in eine Kugel aus strahlendem, gleißend weißen Licht hüllte. Gerade als Kieran ihn fast erreicht hatte, blickte Papa Aguiel direkt zu den Wächtern, lachte und trat in das Feuer.

Er verschwand.

„Scheiße!", schrie Kieran. Er konnte

Kellan direkt neben sich spüren, während sie beide kopfvoraus in das Feuer rannten. Zuerst fühlte er einen Schwall sengender Hitze.

Dann, nichts.

16

Kellan hielt den Atem an, als er mehrere beklemmende Augenblicke durch weißes Nichts fiel. Dann wurde er plötzlich in eine so gut wie undurchdringliche Dunkelheit katapultiert und seine Füße versagten ihm fast den Dienst, als er auf dem weichen, lehmigen Boden landete. Es war beinahe stockdunkel, das einzige Licht kam von einem gruseligen, grauen Nebel, der durch die Luft wirbelte, sich an seine Gliedmaßen heftete und seine Lungen verklebte. Er konnte einen merkwürdigen Laut hören, wie das Ticken einer Uhr oder ein schwacher Herzschlag. Er vibrierte durch die gesamte Ebene und kribbelte auf seiner Haut.

Der schlimmste Teil des Ganzen war jedoch die völlige, absolute Stille, als würde er sich einem Vakuum befinden.

Als Kierans Hand auf seinem Arm landete, machte Kellan einen Satz.

Schau, sagte sein Zwilling tonlos. Das Wort erklang in seinem Kopf anstatt laut in der Luft, was nervenaufreibend war. Kieran warf Kellan einen ungeduldigen Blick zu und drehte ihn herum, sodass er in die entgegengesetzte Richtung blickte.

Kellans Mund klappte auf. Dort, hundert Meter entfernt, war eine gigantische Säule flackernden, grauweißen Feuers. Sogar während er es beobachtete, wuchs es immer weiter an, brannte höher und heller. Im Inneren der Säule befand sich Sera. Ihr Mund war zu einem stummen

Schmerzensschrei geöffnet und schwarze Tränen kullerten über ihre Wangen, während sie brannte.

Hol sie dort raus, ich knöpf mir den bösen Typen vor, sagte Kieran und ging auf Papa Aguiel zu, der sich auf Seras anderer Seite befand und sie mit einem merkwürdigen Ausdruck freudiger Begeisterung anstarrte.

Kellan setzte an, sich auf Sera zuzubewegen, dann runzelte er finster die Stirn. Es war beinahe unmöglich, sich zu bewegen, als würde er versuchen, durch frisch gegossenen Zement zu waten. Er musste all seine Kräfte aufbringen, um so nahe an Sera heranzukommen, dass er ihre Aufmerksamkeit erlangen konnte. Sie presste ihre Hände gegen die Flammenwand, was aussah, als wäre sie hinter einer Glaswand gefangen, während ein frischer Schwall Tränen über ihr Gesicht strömte.

Ihr Mund bewegte sich und ihre Stimme zischte durch seinen Kopf.

Du darfst nicht hier sein. Du wirst verbrennen, sagte sie. Obwohl Sera eindeutig in Panik war und Schmerzen hatte, war ihre Stimme in seinem Kopf ruhig und gelassen. Aus irgendeinem Grund machte das Kellan wütend. Was für ein schrecklicher Ort war das nur?

Die Flammen um Sera loderten auf und schossen höher und höher in die Luft. Kellans gesamter Körper war auf einen Schlag schweißüberströmt. Unter größter Anstrengung machte er noch zwei Schritte und konnte spüren, wie die Hitze an seiner Haut leckte und sich die Härchen auf seinen Armen zu kräuseln begannen.

„Was soll ich tun?", schrie er.

Sera schlug mit den Händen nach den Flammen und schüttelte den Kopf, Wut in ihren Augen. Als würde sie wirklich erwarten, dass ihre Gefährten sie einfach verließen, sie dem... was zum Teufel hier auch immer vor sich ging, überließen?

Fuck nein.

Aus seinem Augenwinkel sah Kellan, wie Papa Aguiel Kieran wegschubste, wodurch dessen Schwert fort und in den Nebel geschleudert wurde. Papa Aguiel grinste und fing an sich näher zu Sera zu schieben mit einer Art wilder Entschlossenheit und plötzlich verstand Kellan... der Kerl wollte versuchen, *in* die Flammen zu ihr zu gehen.

Ein langgezogener, schriller Schrei echote durch Kellans Kopf und er blickte zurück zu Sera. Er konnte sehen, dass sie zu verblassen begann. Es wurde immer schwerer die Konturen ihres Körpers vom Rest der Flamme zu unterscheiden.

Sie wird verbrennen, dachte er. *Vielleicht... vielleicht nicht, wenn ich ins Feuer gehe? Oder Kieran kann seine Magie nutzen, um sie abzukühlen...*

Plötzlich hatte Kellan einen Geistesblitz. Sie brannte. Sie würde zu Asche verbrennen und sterben. Kieran besaß die Magie des eisigen Todes, Kellan die Magie des neuen Lebens...

Sie konnten sie retten, aber dazu mussten sie beide gleichzeitig ihre Magie wirken.

Ein Schmerzensschrei erklang von Papa Aguiel und ein triumphierender Laut von Kieran. Kellan sah, dass sein Zwilling eine lange schwarze Klinge in die Brust des anderen Mannes gerammt hatte und Papa Aguiel jetzt rückwärts taumelte in dem Versuch, zu fliehen.

„Lass ihn!", schrie Kellan und sah, wie Kieran zusammenzuckte, weil Kellans Worte durch seinen Kopf hallten. „Wir müssen ins Feuer gehen, gemeinsam!"

Ihr könnt sie nicht retten, ihr Narren, zischte Papa Aguiels Stimme. *Ihr könnt den Phönix nicht zähmen. Sie hat sich erhoben, sie brennt. Jetzt muss sie sterben und wiedergeboren werden. So ist das nun mal bei einem Phönix.*

Als Kieran vor Papa Aguiel die Zähne bleckte, schüttelte der Bösewicht nur den Kopf.

Ihr werdet sterben. Ich werde einen

anderen Weg finden, versprach er, wandte sich ab und verschwand aus ihrer Sicht.

„Jetzt, Kieran!", brüllte Kellan.

Sie wateten beide aufeinander zu, Kellan streckte seine Hand aus und packte die seines Zwillingsbruders, so fest wie eine Rettungsleine. Irgendwie erleichterte Kierans Nähe das Vorankommen, das Atmen. Sie liefen direkt zu Sera, dann tauschten sie einen Blick aus.

„Wir müssen verhindern, dass sie verbrennt. Benutz du zuerst deine Magie, kühl und dunkel. Dann benutze ich meine, hell und warm. Wir können sie retten, Bruder", erklärte Kellan Kieran.

Kieran nickte, während Verstehen auf seinem Gesicht dämmerte.

Nein!, kreischte Sera, als sie Anstalten machten in die Flammen zu gehen. *Dreht um! Dreht um!*

Den Kiefer fest zusammengepresst, beschwor Kellan eine Kugel aus Magie in einer Hand herauf, woraufhin er einen strahlend weißen Ball vor seinen Augen hielt. Neben ihm hielt Kieran eine identische Kugel in rabenschwarz.

Leben. Tod.

Erlösung.

Einander zunickend stießen sie beide ihre Hände ins Feuer. Es kostete Kellan sämtliche Überwindung, seine Hand nicht zurück zu reißen. Er öffnete die Magiequelle tief in seinem Inneren, setzte sie frei und ließ sie durch seine Hand fließen. Das Feuer züngelte und tanzte wild auf seiner Haut und er fühlte einen Ruck tief in seinem Körper. Das Feuer zerrte an seiner Magie, entzog sie ihm, saugte ihn vollkommen aus, innen und außen.

Machte ihn leer und schwach.

Trotzdem wagte er es nicht aufzuhören.

Das Feuer brannte, riss an seinem Fleisch und ließ ihn qualvoll aufschreien.

Und er hörte nicht auf. Sogar als er

spürte, dass Kierans Finger brannten und seine eigenen versengten, hörte er nicht auf.

Für Sera gab er alles…

Selbst wenn das hieß, sich den Flammen zu beugen, sich selbst in Asche verwandeln zu lassen und mit dem Wind hinfort zu fliegen…

Kellan ließ los.

17

Sera hatte noch nie in ihrem ganzen Leben solchen Muskelkater verspürt. Sie öffnete langsam ein Auge und rümpfte die Nase, weil ihre Glieder so steif waren. Sie fühlte sich so *schwer*.

Das konnte mühelos mit den zwei großen Alphamännern erklärt werden, die beschützend halb auf ihrem Körper lagen, selbst in ihrem Schlaf. Die Arme über Seras Körper verschränkt, pressten Kieran und Kellan jeder sein Gesicht an ihren Kopf. Sie befand sich in einem menschlichen Kokon aus Sicherheit und Wärme.

Tränen brannten in ihren Augen. Sera holte tief Luft, während die Erinnerungen an ihren 'Ausflug' zur Lagerhalle alle zugleich auf sie einprasselten. Wie die beiden sie gerettet, ihr Leben für sie riskiert und sie bis zum bitteren Ende beschützt hatten.

Und dann begannen noch mehr Erinnerungen, ungebeten, auf sie einzustürmen. Erinnerungen, die vor ihrer Zeit mit Kieran und Kellan lagen. Vor ihrem Medizinstudium, der Highschool, ihrer Kindheit.

Erinnerungen an ihre vergangenen Leben. Innerhalb eines Wimpernschlags waren all ihre Erinnerungen zurück. Sie glichen einem Ozean aus Diamanten in ihrem Kopf, jede Facette eine bittersüße Erinnerung an ein Leben, das sie gelebt hatte, eine Person, die sie gekannt und geliebt hatte, ein Selbst, das sie verloren hatte, als sie sich als Phönix erhoben hatte und verbrannt war.

Nur dieses Mal... dieses Mal hatten ihre Gefährten die Wandlung irgendwie gestoppt. Sie hatten sie daran gehindert, ihren Körper und Geist zurückzulassen, und den Kreislauf durchbrochen, den sie vielleicht weitere tausend Lebzeiten wiederholt hätte.

Sie hatten sie auf mehr Arten gerettet als sie auch nur verstehen können würden. Mehr als sie ihnen auch nur erklären könnte, zumindest für den Moment.

Jetzt... jetzt wollte sie ihnen einfach nur danken, sie küssen und halten.

„Ähm... Jungs?", krächzte Sera.

Sie öffneten beide ihre Augen und starrten sie völlig ungläubig an.

„Fuck", knurrte Kieran und zog sie für einen Kuss zu seinen Lippen hoch. Hart, verzweifelt, gierig. „Fuck, Sera. Es ist eine Woche her. Wir dachten, du würdest nie wieder aufwachen."

„Komm her", sagte Kellan, der seine Arme um ihre Taille schlang.

Sera drehte ihr Gesicht zu seinem und erhielt einen leidenschaftlichen, emotionalen Kuss. Kierans Lippen berührten ihr Schlüsselbein, was sie erschaudern ließ. Schon wanderten seine Hände über ihren Körper, zupften an ihrem Nachthemd und zogen ihren weichen Körper an seine harte, muskulöse Gestalt.

„Ich erinnere mich", flüsterte sie an Kellans Lippen. „Ich erinnere mich jetzt an alles… ich habe eintausend Leben gelebt, eintausend Lieben verloren… bis ihr kamt."

Sie seufzte, als Kellan ihre Brüste umfing und mit seiner Zunge über ihre Unterlippe strich.

„Ihr habt mich gerettet", beendete sie ihre Ausführung, wobei sie sich bemühte, nicht in Tränen auszubrechen.

„Wir würden alles für dich tun", wisperte Kieran.

„Wir werden dir alles geben, Sera. Alles."

Kellan presste sich an sie, sodass Seras Körper zwischen ihren zwei Gefährten eingequetscht war.

„Alles?", wiederholte sie.

„Alles", bestätigte Kieran.

„Eine Familie?", fragte sie.

Ihre beiden Gefährten glucksten, während sie ihre empfindsame Haut küssten, was lustvolle Schauer ihre Wirbelsäule hinab jagte.

„Fuck, ja. Wir werden jetzt gleich damit anfangen", verkündete Kellan grinsend.

„Wir werden über dich herfallen, Sera. Uns abwechseln. Und wir verlassen dieses Schlafzimmer nicht, ehe du bekommst, was du dir wünschst", versprach Kieran schmunzelnd.

„Worauf habe ich mich da nur eingelassen?", fragte Sera mit einem Lachen, das schnell atemlos klang, als

Kieran ihr das Nachthemd vom Körper streifte.

Die Frage bedurfte allerdings auch keiner Antwort. Es war allzu offensichtlich.

Sie lag in einem Bett und hatte sich auf die Liebe der zwei perfektesten Männer aller Zeiten eingelassen.

Ich bin die glücklichste Frau der Welt, dachte sie. *Ganz einfach.*

EPILOG

Mere Marie stand in ihrem Schlafzimmer im Herrenhaus und starrte aus dem Fenster. Ein Teil der Magie des Herrenhauses bestand darin, dass sie dem Haus ein Stockwerk nach dem anderen hinzufügen konnte, es höher und höher bauen konnte, während sie ihrer kleinen Schar weitere neue Kämpfer hinzufügte. Da sich ihr Zimmer im obersten Stockwerk befand, wurde die Aussicht aus ihrem Schlafzimmerfenster besser und besser.

Und da das Haus mit einem

Tarnzauber versehen war, sodass es für Außenstehende wie eine zweistöckige Villa aussah anstatt der riesigen, mehrstöckigen Monstrosität, die es in Wirklichkeit war, hatte Mere Marie noch nie ein Wort der Beschwerde von der Nachbarschaftsvereinigung gehört.

Perfektion.

Sie nippte an ihrem Chicoree-Wurzel-Tee und beobachtete, wie wilde Blitze über der Skyline der Stadt zuckten.

Etwas passierte heute Nacht, mehr als dass die Gray Brüder ihre Gefährtin gerettet hatten.

Etwas Großes.

Papa Aguiel zeigte sein Gesicht und machte sich nicht die Mühe die gigantische Magie zu verbergen, die er gerade auf der anderen Seite der Stadt wirkte. Die Blitze waren Teil dessen, da war sich Mere Marie sicher. Sie war sich allerdings nicht sicher, wie sie gegen ihren neuen Feind vorgehen sollte.

Wenn sie ehrlich mit sich selbst war, flößte ihr der Bösewicht, der Pere Mal irgendwie vernichtet hatte, Angst ein. Jedes Mal, wenn sie versuchte, einen Plan zu seinem Untergang zu schmieden, begannen ihre Finger zu zittern. Das war eigenartig, denn Mere Marie fürchtete so gut wie nichts... außer den ganz großen Jungs, Himmel und Hölle, Erzengel und Erzdämonen.

Sie war daran gewöhnt, das furchteinflößendste Wesen hier auf der guten alten Erde zu sein.

Papa Aguiel allerdings... wenn sie über ihn nachdachte, sträubten sich ihr stets die Haare.

In der Ferne hörte sie ein Geräusch und dieses Mal war es mehr als bloßer Donner. Sie setzte ihre Teetasse ab und eilte zur Treppe. Unter sich konnte sie die Wächter und ihre Gefährtinnen entdecken, die ebenfalls die Treppe nach unten rannten. In der Eingangshalle drückte jemand mit voller Wucht die Tür auf.

Mere Marie flog die Stufen praktisch nach unten.

Ich wusste es. Ich wusste, etwas würde passieren, dachte sie.

„Wie um Himmels willen ist er überhaupt in den Vorgarten gelangt? Was ist mit den Schutzzaubern des Herrenhauses?", fragte Kira.

Mere Marie erreichte das Erdgeschoss und marschierte zur Eingangstür, wobei sie die Frau sanft aus dem Weg schob.

Dort im Türrahmen lag die zerknautschte, bewusstlose Gestalt eines großen Mannes. Regen hatte ihn völlig durchnässt und seine dunklen Haare klebten an seinem Schädel.

„Dreh ihn um", befahl Mere Marie Asher, der direkt neben seiner Gefährtin stand.

Stets der gehorsame Soldat streckte Asher seine Hände aus und drehte den Fremden um. Mere Marie stockte der Atem und ihre Finger begannen erneut zu zittern. Der Mann regte sich einen

Augenblick und kämpfte gegen Ashers Hände an.

„Sophie? Ist Sophie schon hier?"

„Entspann dich, Mann", sagte Asher.

Der Mann brach abermals auf dem Boden zusammen und seine Augen rollten zurück in seinen Kopf.

„Alle einen Schritt zurück!", brüllte Sera. „Wir lassen bewusstlose Leute nicht einfach im Regen liegen, Jungs."

Sie drängte sich durch die herumstehenden Personen und überprüfte seinen Puls. Im Anschluss berührte sie seinen Hals und untersuchte ihn rasch.

„Könnt ihr Jungs ihn ins Wohnzimmer bringen, zu einem der Sofas?", fragte Sera, wobei ihr Gesichtsausdruck deutlich machte, dass sie keine Bitte aussprach.

Normalerweise hätten Mere Maries Lippen belustigt gezuckt. Doch in diesem Moment waren sie taub.

„Wir können nicht einfach einen Fremden ins Haus lassen", knurrte

Gabriel, der Anstalten machte, Kellan und Kieran daran zu hindern, die Wünsche ihrer Gefährtin auszuführen.

„Er ist kein Fremder", sagte Mere Marie und räusperte sich.

Alle drehten sich, um zu ihr zu schauen.

„Das ist Ephraim", erklärte sie und blickte wieder auf den neuen Mann. „Er ist der letzte Wächter."

Kieran und Kellan blickten einander an, zuckten mit den Achseln und machten sich daran, Ephraim vom Boden zu heben.

„Was hat das zu bedeuten?", fragte Alice, die nach vorne trat und Mere Maries Hand tätschelte.

„Er wird die letzte Schlacht herbeiführen und letztendlich über das Schicksal aller Wächter entscheiden", antwortete Mere Marie, die unbewusst mit der Hand über die Stelle rieb, unter der sich ihr Herz befand.

„Dieser Kerl?", fragte Echo und stutzte. „Er ist eine große Nummer?"

Mere Marie nickte langsam. Es war an der Zeit, dass sie alle erfuhren, wie essenziell wichtig die kommenden Tage sein würden.

„Er könnte uns alle retten... oder verdammen und die Menschheit dem Untergang weihen."

Stille.

Was gab es darauf auch schon zu erwidern?

SCHNAPP DIR EIN KOSTENLOSES BUCH!

MELDE DICH FÜR MEINEN NEWSLETTER AN UND ERFAHRE ALS ERSTE(R) VON NEUEN VERÖFFENTLICHUNGEN, KOSTENLOSEN BÜCHERN, RABATTAKTIONEN UND ANDEREN GEWINNSPIELEN.

kostenloseparanormaleromantik.com

BÜCHER VON KAYLA GABRIEL

Alpha Wächter Serie

Sieh nichts Böses
Hör nichts Böses
Sprich nichts Böses
Überfall der Bären

ALSO BY KAYLA GABRIEL (ENGLISH)

Alpha Guardians

See No Evil

Hear No Evil

Speak No Evil

Bear Risen

Bear Razed

Bear Reign

Red Lodge Bears

Luke's Obsession

Noah's Revelation

Gavin's Salvation

ÜBER DEN AUTOR

Kayla Gabriel lebt in der Wildnis Minnesotas, wo sie, das schwört sie, Gestaltwandler in den Wäldern hinter ihrem Garten sieht. Ihre liebsten Sachen auf der ganzen Welt sind Mini-Marshmallows, Kaffee und wenn Leute ihren Blinker benutzen.

Tritt mit Kayla via E-Mail in Kontakt: kaylagabrielauthor@gmail.com und vergiss nicht, dir ihr KOSTENLOSES Buch zu sichern: http://kostenloseparanormaleromantik.com

http://kaylagabriel.com